夢占い師の怪しい恋活

Sakumi Yumeno
夢乃咲実

CHARADE BUNKO

Illustration

亀井高秀

CONTENTS

「本当にここでいいんだろうか……」

北郷充貴《きたごうみつき》は、戸惑って、目の前の建物を見上げた。

充貴は、小柄で細身で印象に残りにくい、ごくごく普通の、二十二歳の青年だ。

顔立ちそのものは繊細で整っており、特に少し茶色がかった夢見るような瞳は美しいのだが、覆い被《かぶ》さる前髪がその目を隠しているので、顔の印象も薄くなる。

着ているものもごくごく普通の、そのへんの量販店で売っていそうなグレーのスーツで、やはり印象に残りにくい。

持ち物も、どこにでも売っているような少し大きめのスポーツバッグひとつ。

何か悪いことでもして誰かから目撃証言を取ろうとしても、印象が上滑りしてちっとも実像が摑《つか》めなさそうなその印象は、ある程度、充貴自身が意図的に選んでいるものでもある。

目立たないように。

見咎《みとが》められないように。

誰かとうっかり目を合わせたりしないように。

言動に少しばかりびくびくしたところがなければ、その演出は完璧だっただろう。

そして……その充貴の目の前にあるのは……

なかなか「普通」とは言いにくい建物だ。

一言で言えば、蔦《つた》の絡まる洋館、だ。

正面に玄関のある左右対称の四角い二階建てだが、左右に円柱形の塔が建っていて、それは三階まである。

蔦の下には古びた煉瓦《れんが》が見え、窓枠は古風な真鍮《しんちゅう》のようにも見える。

どこかヨーロッパの田舎《いなか》にでも建っていれば違和感はないのかもしれないが、何しろここは東京だ。

いや、東京と言ってもいわゆる都下だが、周囲は住宅街で、右隣は割合新しそうな建て売り住宅が並び、左隣は低層マンションだ。

地方都市育ちの充貴だが、東京にはもちろん何度か来たことがある。

しかし都下ははじめてだ。

都心と違って高層の建物は駅前くらいにしかなく、似たような風情の一戸建ての合間を縫うように、畑や瓦葺《かわらぶ》きの古い農家が残っているのは風情があると感じるが……やはりこの建物は、浮いている。

そして建物と、道路に立っている充貴の間には、これもクラシカルな鉄柵の門があり、門と玄関の間は、さまざまな花が咲き乱れる花畑のような前庭になっている。

とどめは、表札だ。

鉄柵の門の脇に、青錆《あおさび》の浮いた金属製のプレートがかかっていて、そこには凝った書体で「香衣草の館」とだけ書いてあるのだ。

香衣草……なんと読むのだろう。こういそう？　かいそう？

どちらにしてもなんだか怪しい。

怪しすぎる。

「ここ……なのかな……本当に」

充貴は、手元の地図に目を落とした。

母の形見である守り袋の中に入っていた「何かあったときはここに」という走り書きのようなメモ。

その中に書いてあった住所は、間違いなくここだ。

充貴は誰か……自分が知らない親戚の人とか、あるいは弁護士とか、そういう人を想像していたのだが、どうも違うような気がする。

充貴にとって、初対面の人と話すというのは、なかなかハードルの高い行動だ。

相手が自分に対してどういう感情を持つのかわからないときはなおさら。

だが、ここまで来てしまったのだから、とにかく会うだけは会わなくては。

そう思って見回したのだが、インターホンが見当たらない。

充貴はうろうろと門の前を数度行き来し……

「あ」

ようやく、小さなインターホンに気づいた。

「香衣草の館」と書かれたプレートの下に隠れるように設置されていて、わかる人にしかわからない、という感じだ。

よし。

充貴は深呼吸して、インターホンのボタンを押した。

数秒待つが、応答はない。

留守だろうか。

落胆しつつも、ほっとしたような気持ちにもなる。

本当に自分が、この家に住む人と話したいのかどうかすらわからなくなってきている。

もう一度だけ押して……それで応答がなかったら、ひとまず諦めよう。

行くあてもない身だが、どこか安いホテルにでも宿を取って、この先のことを考えることにしよう。

そう思いつつ、半ば義務的に、充貴はもう一度ボタンを押し……

頭の中でゆっくり十数えて、応答がないのを確かめて、踵《きびす》を返そうとしたとき。

「どなた?」

ふいにスピーカーから声が聞こえ、思わず充貴は飛び上がった。

低い、男の声だ。

慌ててインターホンのほうを振り返る。

このインターホンは音声だけなのだろうか、カメラもあるのだろうか。

「あ、あの、あの……」

そもそも自分のことをなんと言えばいいのだろう?

ちゃんと考えておくのだった。

慌てふためいている間に、スピーカーから声が流れ出る。

「ご予約のない方はお断りしています。予約受付はオンラインのみです。荷物は宅配ボックスへ、セールスや勧誘はお断りしています」

口調は丁寧だが不機嫌そうな声が、立て板に水という感じでそう言って、ぶつりとインターホンを切る音が続く。

予約……オンライン予約……なんの予約だろう。

この怪しい雰囲気で、何か商売をやっているのだろうか。

とりあえず自分は、その商売の客でも、セールスでも勧誘でもない。

慌てて充貴はもう一度インターホンを押した。

「だから、どなた?」

今度はすぐに、不機嫌そうな声が応える。

「あの、僕、北郷充貴と言います。母が……亡くなった母が……何かあったらこちらを訪ねるようにって……」

ここに住むのが誰で、どうしてここを訪ねるようメモがあったのか、充貴自身にもわかっていないのだが、とにかくそう言うしかない。

すると。

「……北郷？」

相手の声が不審そうにそう言ったきり黙り……

充貴にとっては落ち着かない沈黙ののち、再び声が聞こえた。

「北郷充貴？　T市の？」

疑わしげにそう問いかけてくる。

T市は、充貴が育った、母方の祖父の家がある場所だ。

つまり……つまりこの家の人は、少なくとも自分の名字に心当たりはあるのだ、と充貴はほっとした。

「は、はい、先日祖父が亡くなって……母も、僕が子どものころに亡くなったんですけど、守り袋――」

「道ばたでべらべら個人情報を喋《しゃべ》らない！」

厳しい声でぴしりと言われて、充貴は慌てて口をつぐみ、周囲を見た。

平日真っ昼間の住宅街ではあるが、声が届きそうな距離に、二人ほどが歩いている。

ふう、とインターホン越しにため息が聞こえた。

「とりあえず、入って」

「あ、ありが……」

礼を言い切る前にぶつりとインターホンは切られる。

充貴はおそるおそる鉄柵の門に手をかけた。

鍵はかかっていなかったらしく、少し押すとあっさり門は開く。

そこから建物の玄関まではかわいらしい花が咲き乱れる前庭で、一筋、きちんと草を刈って細い道をつけてある。

一見無造作にほったらかしてあるように見えるが、実は入念に手入れされているのだろう。

道を踏み外して花を踏まないよう気をつけながら、充貴は玄関に辿《たど》り着いた。

鉄枠のついた木の扉には、ライオンの頭の形をしたノッカーがついているが、それを叩《たた》くべきだろうか……と迷っていると。

突然、扉が内側に開いた。

「何をぐずぐずしているんだ」

扉を開けた人物がそう言い……充貴は、思わずぽかんと口を開けてその人を見つめた。

これは……この人は、なんだろう。

背の高い男性……それは、わかる。

百六十センチを少し超えた小柄な充貴より、たっぷり頭ひとつ分は高い。

そして充貴を見下ろすその顔は――整っている――たぶん。

たぶんというのは、その顔にはかなり濃い、化粧が施されていたからだ。

鼻筋が通って彫りの深い、少しばかり日本人離れした顔をさらに強調するかのように、目の周囲と鼻の脇には茶色い陰が描かれ、紫のアイシャドウに紫のマスカラで目が強調され、唇にはやはり紫がかった口紅。

さらに、服装がおかしい。

頭には、水色地に濃紺の縞が入った長い布をターバンのようにぐるぐると無造作に巻きつけ、その端が肩に垂れている。

そしてなんと、派手に蝶《ちょう》が舞っている紫色の着物を羽織っているのだ。

前をはだけているので、その下には光沢のある純白の生地の、たっぷりとギャザーが寄ったブラウス？　シャツ？　のようなものを着ているのがわかる。

下半身は、やはり光沢のある生地の、ゆったりとした黄色いパンツ。

組み合わせも、色彩も、何もかもがおかしい。

怪しい。

怪しすぎる。

充貴が固まっている間、相手の男も、じろじろと充貴を観察し……

「ふうん、なるほど、その耳は北郷の耳だ」

納得したようにそう言うと、

「とりあえず、突っ立ってないで入れ」

顎をくいと動かしてそう言った。

充貴の足は、前に進むよりは後ずさりしたがっているのだが、ここまで来てそういうわけにもいかない。

「し……失礼……します……」

こわごわと足を踏み入れると、家の中もやはり怪しかった。

玄関を入った正面には赤いびろうどの垂れ幕があって視界を塞ぎ、その手前に派手な花瓶が載った丸いテーブルがでんと置かれて、正面に進むことを拒んでいる。

右手に白い扉があって、そちらにしか行けないようになっているのだ。

三和土《たたき》は石敷で、低い段差の上にスリッパが揃《そろ》えてあるのだが、ピンクのふかふかの、ぬいぐるみのような質感のスリッパ。

迷いつつそれに足を入れようとすると、

「それはお客さんの！」

ぴしりと男が言って、垂れ幕の陰から、普通のスリッパを引っ張り出す。

自分はお客ではないのだ、と思いつつもそれを履かずに済んでほっとした。

ふと気になって男の足元を見ると、紫に光る革靴を履いている。

「どうしようかな……とりあえず、こっち」

男はそう言って、先に立って白い扉をくぐった。

そこは、窓を背にパソコンが載った華奢《きゃしゃ》な机と椅子、向かい側に二人がけのしゃれたソファが置いてあるだけの、小さな部屋だった。

男はさらにその奥にある、格子模様の入った白い扉を開けて入っていく。

そこは、少し広い、そして明るい部屋だった。

一面が広い窓で、さんさんと光が降り注いでいる、半分サンルームのような感じだ。

だがその窓をふちどっているのは、緑色の、びろうどの重そうなカーテンで、金色のタッセルでたっぷりドレープを寄せた状態で左右に留められている。

部屋の真ん中には黒檀《こくたん》の大きな机があり、手前には白いレースがかかった一人用のゆったりとしたソファ。

奥側には背もたれの高い、彫刻がほどこされた木の椅子があって、その周囲には窓からの光を遮るように、幾重にも緑と赤の布が垂らされている。

男は机を回り込んで、その、奥の椅子に座った。

そうすると服装と顔立ちが、垂らされた布の陰になって、強烈な化粧の印象はやわらぐが、よりいっそう怪しく見える……とも言える。

「座れ……どうぞ」

さすがに口調がぶっきらぼうすぎると思ったのか、取ってつけたように「どうぞ」と言われ、充貴はおそるおそる手前のソファに腰をおろした。

身体《からだ》をふんわりと包み込むようなソファは、意外にも座り心地がいい。

そして、男との間に黒檀の大きな机があることで、充貴は少しほっとした。

そう。

充貴は、人との物理的な距離が近いという状態が、苦手なのだ。

誰かに触られること、うっかりでも身体の一部が触れてしまいそうなほど近いことが。

おかしな話なのだが、触れると、相手が自分に対して抱いている感情が露骨に自分の中に流れ込んでくるような気がして、怖い。

こんなことは祖父にすら言えなかったのだが……それが好意であっても、むき出しの神経に直接触られるような感じは「ちくちくと痛い」のだ。

悪意などの負の感情なら、よりはっきりとした「痛み」となる。

だから満員電車なども苦手だが、それでも相手が自分という個人を意識していないぶん、まだ耐えられる。

充貴と向かい合い、充貴という人間を意識している相手との距離が近いことが怖いのだ
……と、それを意識したのはかなり幼いころだったと思う。

「それで？」

男は、その大きな机の向こうで長い脚を無造作に組み、充貴を見た。

「じいさんが死んで？　どうしたって？」

男の問いに、充貴は躊躇《ためら》った。

そもそも、この怪しい人物は、本当に自分が訪ねるべきだった相手なのだろうか。

だがもうこうして向かい合ってしまったのだから、事情を話すしかない。

「……母が、何かあったらこれを、と残してくれたお守り袋の中に……ここの住所が入っていて……」

そう言いながら、ポケットからそのメモを引っ張り出し、机の上に置く。

男はそれを指先で少し引き寄せ、眉を寄せて眺めた。

「でもあの、人違いかも……」

迷いつつ充貴がつけ加えてみると……

「北郷の人間が北郷の人間を訪ねてきたんだから、人違いじゃないだろう」

男はあっさりと言う。

充貴ははっとした。

「あ、じゃあの、あなたも北郷……なんですか……？」

ということは、親戚なのだろうか。

そもそも充貴は、堀池《ほりいけ》という姓の、母方の一族の中で育ち、父方の姓である北郷の人間には会ったこともないのだ。

「一応ね」

男はくすりと笑った。

「相手が誰だかも知らないで訪ねてくるって、結構心臓強いな」

充貴は気弱で遠慮がちな性格で、心臓が強いなどと言われたことは一度もない。

そんなふうに言われると、とんでもなく厚かましいことをしているのかと思い、いたたまれなくなる。

「ご迷惑でしたら、僕……」

「待て、そうは言ってない」

男はそう言って、傍らのガラスケースから薄い陶器の入れ物を出し、そこから小さなカードを引っ張り出して、充貴のほうに向けて机の上に置いた。

「とりあえずこれが、俺」

普通サイズよりも小さいが、名刺のようだ。

「失礼します」

充貴はそう言って、両手でその名刺を持って、目を落とした。

そこに装飾的な字体で、横書きで書いてあったのは……わずかに三行。

香衣草の館
夢占い師　ブルーメ天音
とあり、その下にホームページのアドレスらしきものが。

「夢……占い……師」

思わず声に出してそう言い、充貴は思わず部屋の中を見回した。

壁紙はタロットカードの絵のような柄だし……窓際の棚にはギリシャ神話に出てくる神々や、星座を表しているらしいフィギュアのようなものが飾ってあるし……男の傍らの棚には、大きさの違う数個の水晶玉のようなものもある。

占い師。

そうか……この人は占い師なのか。

そう思うと、門にかかっていたプレートからはじまり、男の服装、部屋のしつらえなど、怪しさ満載の理由が腑《ふ》に落ちる。

いや、それでも怪しいことは思い切り怪しいのだが。

夢占いと書いてあるが、大学の心理学の授業でちょっと習った、ユングとかフロイトとか、そのへんめいたものなのだろうか。

だがそれと、タロットや水晶や星座は、何か関係があるのだろうか。

そして、名前。

「ブルーメ……あまね、さん……？」

「そう。本名は、北郷天音《あまね》。なんか知らんが、占い師の名前は横文字が入ったほうがそれっぽくて受けるんだよ」

男は軽い口調でそう言う。

「でもじゃ……北郷天音さん、ということは、やっぱり親戚なんですね」

思わず充貴が言うと、男……天音、はわずかに首を傾《かし》げた。

「北郷充貴。父親は幸生《ゆきお》、母親は真美子《まみこ》、で間違いない？」

充貴は驚いて身を乗り出した。

「僕を……両親を、ご存知《ぞんじ》なんですか⁉」

「データとして、親族の系図はここに入ってる」

天音は自分の頭を指さした。

「北郷の人間は、直接の親戚づき合いはほとんどしないから、あくまでデータ。幸生さんのひいじいさんと俺のひいじいさんが兄弟のはずだ」

充貴は思わず固まった。

「ええとつまり……僕とあなたの関係は……」

「ほとんど他人」

あっさりと天音は言った。

「名字と出身地が同じの、もしかしたら遠い親戚かもね、くらいの関係だな。親戚っていうよりも、遠縁？」

そう言われてみれば、そうなのかもしれない。

それでも、そもそも両親が亡くなったあと、母方の祖父に育てられて父方の親戚とは会ったこともないので、充貴にとってはどれだけ遠かろうと、父に繋《つな》がる人だ。

「で？」

充貴が感傷に浸る間も与えず、天音は言った。

「亡くなった堀池のじいさんってのは、真美子さんの親だろう？　堀池家ってのは地方の名士だろ、手広く事業をやって、市長や議員なんかも出してる」

確かに天音の頭にはそういうデータがぎっしり詰まっているようだ。

「はい」

充貴が頷《うなず》くと、天音はまた少し首を傾げるようにして、充貴をじっと見つめた。

「じいさんちは居心地は悪くなかったんだろ？　いかにも坊ちゃん育ちって感じだ。それがどうして、俺を訪ねてくるはめに？」

坊ちゃん育ち。

天音は、怪しさ満載ではあるが、占い師をしているからには人を見る目があるのだろうか。

金銭的、物質的には何不自由なく育った、というのは確かだ。

「はい……あの……祖父にはかわいがってもらって、地元の国立大学も出してもらって、堀池の事業の関係で、就職も決まっていたんですけど……」

充貴が、どう説明しようかと口ごもるのを、天音は黙って見つめている。

充貴は、思い切って言った。

「親族が、堀池の姓でもない者が、祖父の秘蔵っ子として跡取り面されても困る、って……就職が決まっていた会社も、あとを継いだ親族が、僕の内定は取り消すって……」

「ああ、なるほど」

天音は腕を組んだ。

「じいさんがいなくなって重しの取れた親戚一同が、お前さんを追い出しにかかったってわけか。で、お前さんはすごすごと追い出されて、他に頼るあてもなくて、守り袋の中にあった住所を頼りに、どういう関係かも知らない、会ったこともない、何をしているのかもわからない俺を頼ってきた、と」

ずけずけと言われて、充貴は俯《うつむ》いた。

そう言われてしまうと、流されるばかりであまりにも主体性のない自分の行動が恥ずかしくなってくる。

「すみません……ここに来たのはご迷惑でしたね。し――」

充貴は「失礼します」と立ち上がるつもりだったのだが、

「うん、迷惑」

からっとした口調で天音が遮った。

「だから迷惑料に、俺の好奇心を満たしてくれ。お前さんの母親は堀池のじいさんの末娘だ。てことは、じいさんが死んで、お前さんが母親のぶんの財産を代襲相続する権利もあったはずなんだけど、それはどうした？」

「え、そうなんですか？」

充貴は驚いて天音を見た。

「僕には相続権はないって……大伯父《おおおじ》が……あ、その人が次の、一族のトップになるんですけど、これまで僕にかかった費用も堀池のお金だったけど、それは請求しないから、って……」

地方なりに裕福と言える暮らしをさせてもらい、大学まで出してもらった。

だがそう言われてみると、その費用は、堀池家のものだったのだ。

大伯父が、それを返す必要はないから堀池から出ていくように、と言ったときも……ある意味、大伯父の温情かと思ったのだが。

「馬鹿か」

天音は呆《あき》れたように言った。

「世間知らずにもほどがある。子どもを養うのは保護者を引き受けた大人の義務で、返す義務なんてない。なのにお前さんはそれを真に受けて、当然貰《もら》えるはずのものも放棄して、金もなく職もなく、素直に出てきたのか」

世間知らず。

それは確かにそうだ……地方都市で、その地方の有力者の庇護《ひご》のもと、世間知らず、苦労知らずで育ってきたのは。

天音が腕組みをして首を傾げる。

「じいさんの遺言ってのはどうなってんのかな。どっちにしても遺留分があるはずだから、請求する気があるなら弁護士の紹介くらいは……」

「あ、いえいえいえ、それは！」

充貴は慌てて口を挟んだ。

「そういうことは……する気は、ないです」

祖父にはかわいがってもらった。

だが、充貴の存在をよく思わない親族がいるのも、知ってはいた。

祖父が充貴を養子にして堀池姓を名乗らせ、堀池の跡取りにするのではないかと警戒している親族がいることも感じていた。

実際には祖父は、充貴にそういう話をしたことは一度もなかったのだが……

堀池の中で、自分がなんとなく異質で警戒されている存在であることは、事実だったのだ。

そういう親族とうっかり「触れて」しまい、相手が自分に抱いている不満や反感のようなものを感じてしまったときの、心の「痛さ」は忘れられない。

それでも、堀池家には感謝している。

だから今さら波風を立てるような真似《まね》はしたくない。

それを……この人に、どう言えばいいのだ。

天音は腕組みをして、充貴の言葉の続きを待っている。

「これ以上……堀池家には、迷惑をかけたくないので……」

充貴がそう言うと、天音がくっと片眉を上げた。

「それで、俺に迷惑をかけに来たわけか」

充貴は絶句した。

そうか、そういうことになるのか。

そもそも充貴は、自分が何をしにここに来たのかもわかっていなかったのだ。

守り袋の中に入っていた住所を頼りにここに来れば、「何か」があるのかと思っただけだ。

だがどうやら……自分の訪問を迷惑に思っている、遠い遠い親戚の占い師がいただけだった。

他力本願すぎたのだ。

自分で自分の人生を切り開いて、それでもどうにもならなくなってみたら、占いにでも頼ってみろ、と……あのメモはそういう意味だったのかもしれない。

とはいえ充貴は、占い全般を信じてはいないので、その意味では守り袋の中身を頼ることじたい間違いだったのだろう。

そう思うと、本当に自分が恥ずかしくなる。

充貴は立ち上がった。

「申し訳ありませんでした」

深々と頭を下げる。

「考えなしにお訪ねして、ご迷惑をおかけしました。失礼します」

向きを変えて部屋を出ようとしたとき……

「待て待て待て！」

そう言われて、充貴は戸惑って振り返った。

天音も立ち上がり、呆れたように充貴を見ている。

「出ていってどうする？　何かあてがあるのか？　金は持ってるのか？」

もしかしたら、当座のお金を貸してくれるとか、そういう申し出かもしれないと思い、充貴はぶんぶんを首を縦に振った。

「小遣いを貯《た》めたものが少し……どこか安いホテルにでも泊まって、まずは職を探します」

他人との距離感に問題を抱えている充貴にできる仕事は限られているかもしれないが、それでも何かしらあるだろう……あると思わなくては。

しかし天音は、ほうっと大きくため息をついた。

「なんのあてもなく、紹介状も保証人も、そもそも住所もない人間にまともな職があると思うか？　要領は悪そうだし、肉体労働は向かなさそうだし」

充貴の、ほっそりとして筋肉などろくにないとスーツの上からでもわかる身体をじろじろと見て、天音は遠慮のない口調で言う。

「ホテルからあっという間にネットカフェに移って、変な仕事紹介に引っかかって持ち金だまし取られて、一ヶ月後には留置場か公園で寝ている未来がはっきり見えるよ」

「……それは……占いですか……？」

動揺しつつも、占いだったら信じない、と充貴が身構えると……

「占いなんか必要ない。ただの常識」

天音はきっぱりと言った。

「で、お前、料理はできるのか？」

「は？」

話の飛躍についていけず、充貴はぽかんとして天音を見つめた。

「料理！　別にレストランで出すようなもんじゃなくて、冷蔵庫に入っている材料で作るような適当な飯！」

天音が苛立《いらだ》ったように説明したので、充貴は慌てて頷いた。

「それは、できます……わりと、好きです」

「だったら、奥にキッチンがあるから夕飯適当に作っておけ。まずまず食えるようなものだったら、飯作り代として今夜はここに泊まっていい」

充貴は混乱した頭でゆっくりとその言葉の意味を理解し……

はっとした。

「泊めて……いただけるんですか……？」

「食えるような飯を作れれば、だ」

そのぶっきらぼうな口調の奥に「親切」とか「厚意」と呼んでもいいものがあるのを、充貴は感じ取った。

怪しいが、悪い人ではないのだ。

それが、わかる。

そして充貴にとっても、ひとまず今晩寝るところがあるのは、助かる。

「ありがとうございます……！」

充貴が頭を下げると、天音は頷いた。

「じゃあ、そろそろ予約の客が来るからここを空けて」

「はい！」

充貴は飛び上がるようにソファから立ち、慌てて部屋を出た。


玄関から奥を塞いでいる赤い垂れ幕を捲《まく》って奥に入ると、そこは割合普通の居住空間だった。

とはいえいかにも古い洋館らしく、磨き抜かれたフローリングの廊下には古びた絨毯《じゅうたん》が敷かれ、玄関ホールの奥には二階に通じる階段がねじれながら立ち上がっており、ホールの左には磨《す》りガラスの入った扉が並んでいる。

一番手前の扉を開けると、出窓があり布張りのソファセットが置かれた、こぢんまりした応接室。その隣が、六人掛けの大理石のダイニングテーブルが置かれた食堂、そこから奥に通じている扉を開けると、明るいキッチンに辿り着く。

給湯器などの設備は古いがちゃんと機能しており、大型の冷蔵庫の中にはそこそこ食材が入っていて、調味料も一通り揃っている。

子どものころから、祖父の家の、古い土間になっている台所を見てきた充貴にとっては、最新設備ではないが機能的で使いやすいと感じる場所だ。

祖父の家では、中年女性が二人、住み込みの家政婦のような感じで家事を受け持っていた。

親族と違って利害関係のないその人たちのいる空間は心地よく、学校から帰ると台所の隅でおやつを食べながら作業を見ていたものだ。

その人たちとはうっかりどこかが触れるようなことがあっても、感じ取れるのは淡い哀れみのようなものでしかなかったし、じきに「この子は触れられるのが苦手なようだ」と相手も理解してくれたから、それもあって充貴にとっては居心地がよかったのだ。

そのうちに「充貴さん、ちょっと手伝ってくれますか」と声をかけてもらって、ちょこちょこ手伝うようになって、次第に料理を覚えた。

だから、田舎の家庭料理のようなものなら、レシピなど見なくても作れる。

天音はここで、一人で自分の食事を作って食べているのだろうか、と思いながら充貴は食卓を調え、温め直せばすぐに食べられるようにして、天音が来るのを待った。

玄関のほうからは時折インターホンのチャイムの音や、天音の声、足音などが聞こえてきて、だいたい一人一時間、三十分のインターバルを挟んでまた次、という感じで客が訪れているのがなんとなくわかる。

充貴が訪れたのは、たまたまその、インターバルの時間だったのだろう。

こういう……占い師というのは、意外に商売になるものなのだろうか。

七時ごろになると、廊下をどたどたと歩く足音がして、キッチンの扉から天音が顔を覗《のぞ》かせた。

「飯、できてるか」

「はい」

充貴が頷くと、天音はちょっと鼻をひくつかせた。

「うん、悪くないにおいがする。俺はまず、風呂」

そう言ってすぐに引っ込み、奥に向かう気配。

充貴が食事を温め直して隣の食堂のテーブルに並べたところへ、またどたどたと足音がして、天音が入ってきた。

その姿を見て、充貴は思わず絶句した。

——べ、別人だ……！

おかしな衣裳《いしょう》は脱いで、シンプルな白い襟なしのシャツに、スウェット素材のグレーのパンツ姿。

背が高いことはわかっていたが、胸板が厚く肩幅の広い、それでいてごつすぎる印象は受けない、均整の取れた体格。

特に、手足の長さが印象的だ。

まだ濡《ぬ》れている髪は艶やかに黒い。

そして、化粧を落としたその顔は……彫りが深く整っているが、化粧をしているとあんなにくどい印象だったのに、むしろすっきりとしたタイプの美形、という感じだ。

普通、化粧というのは顔を少しでもよく見せるためのものだと思うのだが、天音の場合むしろ台無しにしていたのではと思えるほど。

だからといって女性的なのではなく、むしろ男らしい。

やや面長で、細く通った鼻筋とわずかにくぼんだ眼窩《がんか》が微妙な陰影を造り出し、切れ長の目と引き締まった口元が、思慮深そうで意志の強そうな印象を与えている。

全体的に知的で老成した雰囲気だ。

化粧をして変な服を着ていると年齢不詳だったが、どうやら三十前後、という感じだろうか。

だが。

「おい、何をぼけっとしてる。この飯は食ってもいいのか」

口を開けば相変わらずぶっきらぼうだ。

「あ、は、はい！」

充貴は飛び上がった。

「ど、どうぞ、席はここでいいんでしょ――」

充貴の返事をみなまで待たず、天音が皿を並べた席にどっかりと座り、それからじろりと充貴を見た。

「お前は食わないのか。先に食ったのか」

「あ、いえ、あの、一緒に食べても……？」

「俺が食っている間、お前はそこにぼけっと突っ立ってるつもりなのか？」

実のところ充貴は、一緒に食卓についてもいいのかどうかわからず、天音の食事が終わってからささっと済ませればいいかと思っていたのだが、どうやらそうではないらしい。

「いえ、あの一緒にいただきます！」

慌ててキッチンから自分のぶんの食事も持ってきて並べ、天音と向かい合う位置に座ると、天音は「いただきます」と手を合わせてから箸を手にした。

鯵《あじ》の干物を焼いたもの、里芋と鶏肉《とりにく》の煮物、ゆずこしょうを載せた冷《ひ》や奴《やっこ》、大根と油揚げの味噌汁《みそしる》。

口に合うだろうか、と充貴が不安に思いながら天音を見ていると、天音は味噌汁をひとくちすすり、わずかに眉を上げた。

薄かったのだろうか、濃すぎたのだろうか、と思ったのだが……天音は何も言わず、そのままもうひとくち味噌汁を飲み、そして次に煮物の里芋を口に運び、やはり少し首を傾げ、そして今度は鶏肉を口に入れる。

箸使いはきれいだし……箸が進んでもいるようだが、とにかく、無言だ。

果たして口に合ったのか合わなかったのか、そもそもこんなメニューで大丈夫だったのかどうか、それすらわからない。

黙っていられると、不安が増すばかりで、充貴自身は食事の味がわからないくらいだ。

だが、半分ほど食べたところで天音が一度「ふう」と小さくため息をついたのを見て、充貴ははっとした。

——疲れていたのだ。

占い師というのは見た目よりも疲れる仕事なのだろうか、神経を使う仕事なのだろうか、一日の仕事を終えた疲労が、食事の途中でようやく少し抜けたのだ、と……充貴にはなんとなくわかった。

黙って食べているのは、食事が気に入ったとか気に入らないとか、そういう問題ではないのだろう。

少なくとも、食卓をひっくり返すほどまずくはなかったのだと充貴は思い、なんとなくほっとした。

天音は出されたものをすべてきれいに平らげ、手を合わせて「ごちそうさま」と言うと、ようやく充貴を見た。

「風呂は一階の奥。二階の右側が予備の寝室。明日の朝飯は八時。今夜中に、この先どうしたいのか考えておけ」

そういえば……「食えるような飯を作れれば泊まっていい」という話だったのだ、と充貴は思い出した。

つまり、食事はまあ合格だったということだ。

「ありがとうございます！」

充貴は勢いよく頭を下げた。


その夜、充貴は夢を見た。

それは、幼いころからよく見る夢だ。

一本の道があって、そこをどこまでもどこまでも歩いていく。

毎回微妙な違いがあって、山の中らしいのに真っ直《ます》ぐな上り坂だったり、海の上になぜかそこだけくっきりとした砂地が浮かび上がっている道だったり、高速道路のような道だったり、かと思えば路地裏の一本道だったり、本当にいろいろだ。

そして充貴は、その道の両側にあるものについてあれこれ思い巡らしながら、ゆっくりと前に向かって歩いていく。

山ならば草の感触があり、鳥が鳴き、海ならば波の音が聞こえ、街ならば家々があり、子どもが走っていたり、車や自転車が走り抜けていったりする。

だがとにかくどれも、「一本道を進んでいく」夢なのだ。

毎晩見る、というわけではない。多くて、年に数度……前の夢を忘れかけたころに見て、ああまたあのたぐいの夢だ、と思う。

ただ、それだけ。

その夜見たのもやはりそういう夢で、海岸沿いの道をただただ歩いて行くパターンだった。

左に、砂浜と、海。

右には山が迫っていて、時折ぽつんぽつんと家がある。

そこを、ただただ真っ直ぐに歩いていく。

ただ、その夜の夢はちょっとだけ違った。

なんとなく、目的地があるような気がしたのだ。

このまま歩いていくと、きっと、向こうに——

漠然とそう感じながら、充貴は、周囲の景色がじんわりと輪郭をなくしていくのを感じ、ああ、また夢を見ていた、間もなく目が覚める……と思い……

そして、目を開けた。

見慣れない天井の模様。

一瞬自分がどこにいるのかわからなかったが、すぐに思い出した。

ここは、遠い遠い遠い親戚の占い師、北郷天音の家だ。

そして、八時に朝食と言われていたのを思い出し、がばっと飛び起きた。

壁の時計を見ると、六時半。だいたいこの時間に起きるのが習慣になっていてよかった。

急いで身支度を調え、一階に降り、キッチンで朝食の用意をはじめる。

なんだか不思議な感じだ。

はじめて訪れた他人の家で、夕食を作り、一泊し、朝食を作っている。

そして朝食後には……出ていかなくてはいけない。

出ていってどうするのかも、決めなくてはいけない。

とりあえずあり合わせで、サラダとオムレツ、野菜たっぷりのスープを作り、八時ジャストに焼き上がるようにパンをトースターに入れる。

すると七時五十八分に階段を下りてくる足音が聞こえ……

食堂に、天音が入ってきた。

シンプルな、ベージュのシャツに紺のパンツが似合っている。

「おはようございます」

充貴がそう言うと、天音は少しぼうっとした表情で、顔をじっと見つめた。

これは誰だ、という感じに見える。

もしかして、寝ぼけているのだろうか。

「あの……僕……」

「ああ、朝飯か」

天音は我に返ったようにそう言って、どさりと椅子に腰を下ろした。

「洋風でよかったですか？　飲み物は何を……？」

「なんか、カフェイン」

天音の答えを聞いて、急いでインスタントのコーヒーを淹《い》れる。

そして充貴も食卓につき、また無言で、食事がはじまる。

天音は黙々とすべてを平らげると、ようやく目が覚めた、という感じで充貴を見た。

「で？　どうするって？」

唐突ではあるが、質問の答えは用意してある。

「とにかく、安いホテルを探して泊まることにして、まずは住むところを探します。家賃の安い地域を選んで……切り詰めれば一ヶ月くらいは暮らせる貯金はあるので、その間に仕事を探します」

「一晩考えてその程度か」

天音が呟《つぶや》いたが……他にどうしようもない。

保証人のいらないアパート、経験がなくてもできる仕事、探せばあるはずだ。

地道に生きていく以外にない。

すると天音が尋ねた。

「お前、バイトの経験は？」

「……ありません」

充貴はそう答えるしかない。

育った地方都市で、仮にも堀池の本家で育てられている子どもがバイトなどするのは外聞が悪い、と言われてさせてもらえなかった。

大学卒業後は一族が経営する会社に入ることが在学中から決まっており、就職活動すらしなかった。

天音には、そういう充貴の育ちが見て取れるのだろうか。

だが、これまでの人生を変えることはできなくても、これからの人生を選ぶことはできるはずだ。

――とはいえ、不安でいっぱいなのは確かだが。

何しろ、他人との距離感に問題を抱えているので、そこが制約になってしまう。だがそれも「甘え」と言われてしまえばそれまでのことなので、なんとか克服していくしかないのだろう。

すると……天音はコーヒーを口に運び、それからゆっくりと言った。

「バイト、紹介してやろうか」

「本当ですか⁉」

充貴は驚いて尋ねた。

もし何か紹介してくれるなら、こんなにありがたいことはない。

「どんな仕事でも一生懸命やります！　あ、でも」

ふと、不安になる。

自分の抱えている問題のことを、天音に言うべきなのではないだろうか。

「実は僕……接客とか、誰かと直接——」

「接客といえば接客だけど、たいしたことじゃない」

天音は言った。

「受付、案内業務……それと掃除」

どこか、小さい会社の雑用、という感じだろうか。

天音はさらに言葉を続ける。

「サイトの管理もあるな。実は、これまでいてくれた人が先週辞めて、次を探そうと思っていたところだった。それと、飯」

「め……し？」

思いがけない単語に充貴がぽかんとすると、天音は気怠《けだる》そうに言葉を続ける。

「プロ並みとは言わんが、お前の飯は悪くない」

「え？　あの、それって……」

まさか。

「要するに、雑用兼家政夫。部屋は、昨夜《ゆうべ》泊まった寝室を使え」

この家で使ってくれる……この家に、いていい、ということだ……！

仕事の内容も、自分にもなんとか務まりそうな内容だ。

「ありがとうございます！」

充貴はがばっと頭を下げた。

「まあ、とりあえずバイトだから」

天音はそっけない口調で続ける。

「お前だってまさか、占い師の雑用を一生の仕事にするわけにはいかないだろうから、この先どうするのか考えろ」

もちろんだ。

そして、天音がつまり、身の振り方を決める猶予をくれたのだ、ということも充貴にはよくわかっている。

だが、昨夜の天音の雰囲気だと、一晩だけ泊めてやる、今日には出ていけ、という感じだった。どうして気が変わったのだろう。

それがちょっと不思議だ。

「それじゃ、まず、飯だけど」

充貴ははっとした。

やはり何か、気に入らないものがあったのだろうか。

しかし天音は淡々と言葉を続けた。

「飯にこだわりはないから、こんな感じでじゅうぶんだ。お前が食いたいものを作れ。ただし、客商売なので、においのきついものだけは勘弁」

よかった、食事に関しては問題はないのだ、と充貴はほっとして頷いた。

「はい」

「それと」

天音は腕組みをして、充貴をじろじろと無遠慮に眺める。

「受付とか案内をしてもらうのに、その前髪はだめだ」

目まで覆い被さる前髪。

髪は、祖父の家で、親族たちが自分に関心を示して近寄ってこないように、なるべく目立たないように……という姿勢を身につけてしまった中で自然に伸ばしていたものだ。

だがやはり、受付の仕事をするのにこれではまずいのだろう。

「上げて見ろ」

天音に言われて、おずおずと前髪をかき上げると……

天音は瞬《まばた》きをし、

「なんだよ、感じのいい顔をしてるじゃないか。とりあえず、そうやって上げとけ」

呆れたように言った。

感じのいい……というのは、受付にいて相手に不快感を与えることはない、と思っていいのだろうか。

「それと、服」

天音は無遠慮に、気に入らない、という顔で充貴の服装を見た。

昨日着てきたスーツの、ワイシャツとズボンを今日もまた身につけている。

「すみません……これ以外には……部屋着というか、パジャマ代わりのスウェットしか」

もちろん祖父は、着るものにだって不自由はさせなかった。だが与えられたものはすべて、堀池の資産で買ってもらったものだったのかと思うと、大量に持ち出す気にはなれなかったのだ。

「仕方ないな」

天音は軽く舌打ちすると、椅子から立ち上がった。

「服は何か、俺のを貸す。来い」

「え、え、え」

充貴が戸惑いながら慌てて立ち上がると、天音は食堂を出て、階段をずかずか上がっていく。

充貴が眠った寝室とは反対側に向かい、突き当たりの扉を開けると、そこには……けばけばしい色彩の服がずらりと並んでいた。

衣裳部屋、だろうか。

「このへん、どうだ」

天音が、黄色とピンクがマーブル模様になった襟の大きなシャツを引っ張り出す。

まさか自分も、昨日の天音のような服装をしなくてはいけないのだろうか。

そのシャツを天音が充貴の身体の前に持ち上げたので、充貴は身体に当てられるのだろうかと思い、びくりとして後ずさった。

「あ！　……いえ、あの」

あまりにも過剰反応で、天音に変に思われると思い、充貴は慌てて言い訳しようとしたが、天音はそんな充貴の様子が目にも入っていない様子で、充貴の身体から五十センチく

らい離した場所でシャツを広げると、

「うわ」

と、顔をしかめた。

「悲惨なくらい似合わないな。どういう顔してるのか全然わからなくなる。せっかく受付にちょうどいい顔だと思ったのに」

「え……あの……ちょうどいい……?」

思わず充貴は天音の言葉を繰り返した。

さきほどの「感じのいい顔」という言葉もそうだが、充貴にとってはなんとなく居心地の悪くなる言葉だ。

自分の顔が、男にしては繊細に整っていると言われたことは何度もあり……堀池の子、という立場から学校で苛《いじ》められるというほどではなかったにせよ、陰口や揶揄《やゆ》の対象になった。

親族は親族で「あれは堀池の顔ではない」「あれの父親も、男にしてはきれいすぎる顔だった」と祖父のいないところで聞こえよがしに言っていたこともあり、自分の顔立ちはコンプレックスでしかない。

「僕の顔は……あまりいい印象ではない……ですよね」

思い切ってそう言うと、天音が眉を寄せた。

「馬鹿言うな。お前のその、いかにも人畜無害な顔がここの受付には必要なんだよ。こないだまでいた人も、孫を三人も引き取って育ててる苦労人の女の人だったけど、生活感のない顔がよかったんだ」

人畜無害な顔、という言葉に充貴は思わず瞬きをした。

そんな表現をされたのははじめてだ。

前の人は生活感のない顔。

つまり……顔立ちそのものではなく、天音が言っているのは、顔が与える印象のことなのだ。

「ああ、これならなんとかなるか、洗濯で縮んだやつ」

天音は、淡い水色のストライプが入った、襟が小さいカットソー素材のシャツを発見して、充貴の前に持ち上げた。

またしても、充貴の身体には触れない距離。

そしてその服の大きさも柄も、充貴にとっても許容範囲だ。

「これ着て、前髪はせめて目が見えるように撫《な》でつけとけ。今日の仕事が終わったらとりあえず買い物に行くぞ。俺はもう、支度しなくちゃいけないから。受付部屋の物入れに掃除機があるから、あの二部屋だけかけといて」

天音がそう言ったので、充貴はそのシャツを抱えて、慌てて衣裳部屋を出た。

着替えて一階に降り、昨日天音と話した部屋の手前にある、小さな部屋に向かう。

なるほど、ここが受付で、お客に待ってもらう場所なのだろう。

掃除機を探し出してかけ、から拭き用のシートを見つけたので棚や机なども掃除する。

華奢で優美な白い机には、電話の子機と、ノートパソコンと、昨日渡されたのと同じ、名刺サイズのカードが入った箱が置いてある。

ここが、仕事場。

まさか占い師の家で、受付の仕事をすることになるとは思ってもいなかった。

占いに興味を持ったことはないが、とりあえずお客はあるようだし、天音はある程度有名な占い師なのだろうか。

そもそも占いというのは、当たるものなのだろうか。

そして自分のような、占いを信じていない者が、受付の仕事などしてもいいのだろうか、などとも思えてきてしまう。

そこへ、またあのどたどたという足音が聞こえ、天音が入ってきた。

その姿を見て、充貴は絶句した。

またしてもあの化粧と……けばけばしい衣裳。

普通の格好をしていれば美丈夫とも言える天音の容姿を、台無しにしているとしか思えない。

今日の服装は、緑とピンクの太い縦縞《たてじま》模様のガウンのようなものに、金色の太い帯を締めている。

頭にはレインボーカラーの鳥の羽根がついた、銀色の縁なしの帽子。

「何、なんか文句あるか」

充貴の顔をじろりと見て、天音が尋ねる。

「い、いいえ、あの」

充貴は迷ったが、思い切って言った。

「どうして、そういう格好を……」

「このほうが『らしい』からだよ」

天音はきっぱりと言った。

らしい。

確か「ブルーメ天音」という名前も、横文字が入ったほうがそれっぽくて受ける、と言っていた。

何か深い理由があるわけではなく、それっぽいとか、らしいとか……なんだかますます、天音の商売は怪しく思えてくる。

いや、だが、そんなことを考えてはいけない。

放り出されても仕方ない、初対面の、遠い遠い遠い親戚の自分に、当座の衣食住を保証してくれた人なのだから。

充貴は気持ちを切り替えようとした。

「あの、電話はかかってきますか？」

机の上の、電話が気になっていたのだ。

「基本、仕事の予約とかはオンラインだけど、急なキャンセルとかは電話で入ることもあるから、出て」

天音が答えたので、充貴はおそるおそる言った。

「なんて出れば……いえ、あの、ここの名前は……かいそうのやかた、でいいんでしょうか」

香衣草の読み方がわからない。

「あ？　かいそう？」

天音が片眉を上げる。

「昆布やワカメじゃないんだよ。これは『くんいそう』で、ラベンダーのことだ。覚えておけ」

くんいそう……ラベンダー。

いや、でも「香」という字は「くん」とは読まない。「薫」ならわかるけれど……と考えている間に、天音はパソコンを立ち上げた。

「これがうちのサイト。お客はここからメールフォームで予約できる日を問い合わせてくるから。初回のお客はなるべく午後遅めに入れて。予約が決定したら、ここの住所と地図を送ってやって。っていうか、パソコン触れる？」

天音の言葉に、充貴は慌てて頷いた。

「はい、大丈夫です」

「で、お客が来たらインターホンが鳴るから、ここでロック解除して、玄関で出迎えて、この部屋に入れて、お茶を淹れてあげて。ハーブティーとか、適当に何種類か用意してあるから。遅刻は十分までは可、それ以降は予約を取り直してもらう。いい？」

矢継ぎ早に指示が飛んできて、充貴は必死になってそれを頭に叩き込んだ。

ただ、天音の言葉は簡潔で要領がよく、わかりやすいと感じる。

「俺が呼んだら、お客を奥の部屋に。間のドアは半分開けておいて、絶対に閉めないで」

「え」

充貴は戸惑った。

「そうしたら……中の声が、僕にも聞こえてしまうんじゃ……」

「密室にはしないんだよ。お客はたいてい女だ。半分開いた扉の向こうに、人畜無害顔のお前がいると思うだけでお客は安心するんだ。なんかあったときのために一応カメラは回してるけど、お客と変なことで揉《も》めたくないから、予防」

充貴ははっとした。

そうか……そういうことにも気を遣わなくてはいけないのか。

揉める、ということの中にはセクハラ的な問題とか……あとはもしかすると、恋愛感情のようなものも含まれているのかもしれない。

そして充貴はふと気づいた。

「もしかして……その、扮装《ふんそう》も」

女性のお客に対して「男」を前面に出さないようにするために必要なのだろうか。

「扮装とか言うな」

天音が眉を寄せて言い、慌てて充貴は口を押さえる。

もしそうだとしたって、もう少し趣味のいい服装がありそうなもの、とは言えない。

そこへ、インターホンが鳴った。

「来た。ちょっと早めだから、お茶淹れて少し待たせて。時間ジャストに呼ぶから」

天音がそう言って奥の部屋に入っていき、充貴は緊張しながらインターホンの応答ボタンに指を伸ばした。


その日、充貴はおろおろしつつもなんとか仕事をこなした。

客は、午前に二人、午後に四人。

全員がはじめてではないらしく、充貴が迎えるとちょっと驚いた顔をしたり、「新しい人だ」と言ったりはしたけれど、それ以上特に充貴に関心を示すわけではなく、ハーブティーを出すとソファに座って静かにそれを飲み、中から天音が「どうぞ」と言うと奥の部屋に入っていく。

特にイレギュラーな問題も発生せず、こちらが余計な言葉を発する必要もなく、これならなんとかなりそうだと充貴は感じた。

間の扉を半開きにしているので、話の内容は漏れ聞こえてくる。

客は全員が女性で年齢はさまざま。

恋愛、家族、仕事や勉強、といったことで悩みや愚痴があるようだ。

そんなに大声で話しているわけではないし、小さめのボリュームでインド舞踊のような音楽も流しているので、会話が全部聞こえているわけではない。

充貴も盗み聞きのようなことはしたくなくて気を逸《そ》らすようにはしているのだが、それでもどうしても断片的に耳には入ってくる。

天音はそういう愚痴や相談に対して「そんなだから舐《な》められるんだよ」と少し強い言葉を使ったり「それ、心が疲れてるんだよ、自分でもわかるでしょ？」といたわったりしていて、要するに悩み相談のようなものなのかな、とも思う。

だがそこにオカルト要素が入り込んでくるので、途端に怪しくなる。

「部屋に花を飾れっていったでしょ。やってる？」とか。

「これ、ヒマラヤの岩塩。これをね、玄関に置いてみて。悪いものが入ってこなくなるから」とか。

そもそも天音の肩書きは「夢占い師」ではないのか……と思うのだが、その日は結局、そういう話題は出てこなかった。

それでも客は、すっきりとした顔で部屋から出てきて、快く一回一万円の料金を払っていく。次の予約をしていく客もいる。

予定表を見ると、予約は三ヶ月先まで受けているのだが二ヶ月先まではびっしり詰まっていて、その先も埋まりつつある。

わざわざ初回用の枠を別にしてあるのだが、それも着々と埋まっていく。

そんなに、需要があるものなのか。

なんとなく釈然としないものを感じつつ、詐欺ではないのだし……客が満足しているのならいいのだろう、と充貴は自分に言い聞かせた。

その日最後の客が帰ると、天音は「ごくろうさん」と奥の部屋から出てきた。

ぐったりと疲れた雰囲気なのは、想像よりも大変な仕事だからなのだろうか。

しかし、

「なんか困ったことあったか」

そう尋ねる声は、張りのある低く冷静なものだ。

充貴は首を振った。

「いいえ、何も」

仕事は単純で、答えられないような質問もされず、料金の受け渡しは机越しにトレーを介してなので、充貴と客の手が間違って触れるようなこともなく、困るような場面は一度もなかった。

「僕の対応には、何か問題ありませんでしたか」

「いいや、問題なし」

天音はあっさり言って、頭を包んでいた派手な帽子を取り、頭を掻《か》いた。

「俺は風呂。夕食頼む。食ったら車出すから、買い物に行くぞ」

夕食のあとで、買い物。

確かに、食材など補充をしたほうがいいのだろうし……近くに、夜までやっているスーパーがあるのだろうと思いながら、充貴はまたどたどたと出ていく天音の後ろ姿を見送った。

数日経《た》つと、充貴はこの奇妙な生活にも慣れてきた。

天音の商売にはなんとなくうさんくさいものを感じるにしても、居心地は悪くない。

それは、天音があまり余計なことを言わないからだ、と充貴は気づいた。

充貴が、他人との距離が近かったり身体が触れることが苦手であることにもしかしたら気づいているのかもしれないが、それに対しては何も言わない。

充貴が堀池の家を出てきた事情にしても、もう少し根掘り葉掘り尋《き》くつもりになれば尋くのだろうが何も言わないし、充貴の将来の展望にしても、何か尋ねたりはしない。

それはつまり充貴という人間自身にたいして興味がないということなのかもしれないが、それはそれで充貴にとってとても気が楽だ。

祖父の家では、出入りする人がみな、充貴の存在を何か異物のように見ていた。

そして顔を合わせれば、祖父から何か、遺産相続とか財産分与のような話をされているのか、と尋かれたり、将来堀池の事業のどのあたりに関わるつもりがあるのか、など探りを入れるような質問をされていた。

直接身体が触れなくても、近い距離でそんなことを尋かれると、その言葉の内容よりも、相手から感じ取ってしまうどろどろした感情が怖くて、すくんでしまったものだ。

それに比べれば、天音が何も詮索してこないこの状態は本当に気が楽だと思う。

だがそうやって日々を過ごすうちに、天音の仕事もそれほど楽なものでもなさそうだ、と気づいてきた。

一日の仕事を終えると疲れた顔になっていて、風呂に入るとだいぶすっきりとした顔になり、食事をすると精気が戻ってくる。

それなのにたまに、朝起きてきたときに、なぜか疲労の色が濃いことがある。

夜の間にも部屋で何か、仕事に関することをしているのだろうか、それはよくわからない。

天音の仕事は水曜が休みで、その日は天音は「夕飯だけでいい」と、一日寝室から出てこない。

一週間の疲れを取るために、丸一日寝て過ごしているのかもしれない、とも思う。

それでもしばらく経つと、朝の疲れた様子はそれほど頻繁なわけではないこともわかってきた。

充貴が来たときには、たまたま前の受付の人が辞めた関係で、疲れが溜《た》まっていたのかもしれない。

買い物はたいてい夜だ。

古いワゴンタイプの車があって、それに乗って夜遅くまでやっているスーパーに行き、食材や雑貨を買い込む。

最初の買い物で、充貴の服も買ってくれた。

自分で買うと言ったのだが「制服と思え」と言われ、ごく普通のきれいめカジュアル、という感じで何組か揃えてくれたのだ。

充貴も、遠慮はどうしてもあるのだが、とにかくきちんと仕事をするしかないと、なんとか自分を納得させた。

髪型も、カット専用の、流れ作業で客と会話もしないような店に放り込まれ、前髪を目に被さらない長さに揃えてもらうと、「うん、かなりいい」と満足げに言ってくれた。

そうやって半月ほどが経ち……

その日の一人目は、定期的に来ているらしい、宇津木《うつぎ》という名字の常連の客だった。

三十過ぎの、ばりばり仕事をしていそうな、かっちりしたパンツスーツ姿の女性だ。

勝手知ったる、という感じで受付の部屋に入ってくると、充貴を見てにっこりと笑った。

「ちょっと早めに来ちゃった。前のお客さん、まだいる?」

「いいえ、お帰りになりました……でも、お時間までは」

充貴が言いかけると、

「うんうん、知ってる、時間ジャストまで待ちます」

宇都木はそう言って、ソファに腰を下ろした。

「ねえ、新しい人だよね、名前なんていうの?」

ハーブティーの用意をしている充貴に尋ねる。

充貴に個人的な関心を示した客ははじめてだが、その口調からは詮索するようないやな感じは受けない。

「あ……北郷充貴、と言います」

充貴はそう言ってから、天音の名字も同じなのだが名乗ってもよかっただろうか、と思った。

しかし、客は天音を「ブルーメ天音」としか知らないのだろう、「充貴くんね」と頷く。

「そっか、なんか寛《くつろ》げる雰囲気持ってていいよね。前の人は優しいお母さんみたいだったけど、充貴くんは癒《い》やし系の小動物みたいな感じ」

それは天音の言う「人畜無害な顔」に共通する言葉で、自分ではわからないそういう雰囲気が「寛げる」と言うのなら、それは間違いなく褒め言葉だ。

「ありがとうございます」

そう言いながら宇津木の前にカップを置くと、宇津木は両手でそれを持ち、口をつける。

「お茶もおいしい。あたし、ここでだけは本当に楽になれるのよねえ」

ふうっと、リラックスしたため息をつく。

ここに来る客は、何かしら悩みや問題を抱えている。

充貴の名前を尋いたのも、この空間にいる新しい人物が不快な存在ではないのかどうか確認する意味だったのだろう、と充貴は感じ取った。

その宇津木の指にはピンクの石が塡《は》まった指輪。花をかたどった、華奢でかわいらしいデザインは、服装全体の中でそれだけが宇津木のイメージとは少し違う印象を受ける。

充貴の視線に気づいたのか、宇津木は「ふふ」と笑ってその指輪を弄《いじ》った。

「かわいいでしょ？　この前、天音センセに、ピンクがあたしのラッキーカラーだって言われて。あたしピンクって嫌いだったんだけど思い切って買ってつけてみたら、なんか気分が変わったのよねえ」

「そう……なんですか」

充貴は戸惑いながらそう答え、自分の席に戻った。

ラッキーカラー。

そういうものもなんとなくうさんくさい気がするのだが、まさか客の前でそんな思いは顔に出すわけにはいかないことはわかっている。

宇津木が「気分が変わった」と言うのは、何か思い込みのような感じなのだろうか。

そもそも天音の「占い」は、何がベースなのか、さっぱりわからない。

夢占い師、という肩書きらしき占いはしていないような気がする。

そのとき、奥から天音の声がした。

「宇津木さん来てるの？　どうぞ」

「はあい」

宇津木はさっと立ち上がって、閉まっていた扉を開けて隣室に入っていった。

充貴も立ち上がり、扉を半分だけ閉めて、デスクに戻る。

「天音センセ、聞いて聞いて！」

宇津木が、おそらく椅子に座る間もなく喋り出したのが聞こえた。

「これ、この指輪買ったの！　そしたら翌日に、電車で珍しく座れちゃって、おかげで一日気分よく仕事できて、イナバの無茶にも腹が立たなくて」

「イナバって、上司だよね？　あのあと離婚したんだっけ？」

天音はリピートの客の、前の話はよく覚えているようだ。

「そうそう、それでこっちに八つ当たりされてもさあ」

宇津木の話も、他のたいていの客と同じ、愚痴だ。それを天音が適当に受け流したり、どうとでも取れるような助言をしたりして、それから何か、岩塩だのラッキーグッズだのを勧めて終わる。

客が一時間一万円を払って愚痴を聞いてもらうのが、高いのか安いのか、充貴にはさっぱりわからない。

そのとき……

「それでね、天音センセ、あたしまたあの夢見ちゃって」

宇津木が少し口調を変えてそう言ったので、充貴ははっとして、思わず耳をそばだてた。

「夢？　例の、木がばたばた倒れてくるやつ？」

いよいよ夢占いらしきことをするのかと思いきや、天音はあまり気乗りのしなさそうな感じで尋ねている。

「そうそう、それで、じたばたしてるうちに、違うところにいるやつ」

「さっき、ピンクの指輪を買ったらいいことがあったって言ってたでしょ？」

低く太い声で、天音は言った。

「そのタイミングでその夢を見たってことは、やっぱりそれは逆夢なんだよ」

「そう？　前にそう言われたときは、どうなのかなあって思ったんだけど……」

「木に潰されるわけじゃないんでしょ？　気がついたら違うところにいるんでしょ？　だったらあんたは、自分でもわからないやり方で、その木をやっつけてるってことだよ」

「やっつけてる……のかなあ」

「そ。そういう力が自分の中にあるのに、自分が自分を信じてやれないからそういう逆夢になるんだよ。あんたに信じてもらえないあんたはかわいそうだなあと思う」

「あたしがあたしを苛めてるってこと？」

「あんたがそう思うならそうなんだよ。心も身体も、ちゃんといたわってやりな」

充貴は少し感心して、天音の言葉を聞いていた。

やはりこれは……占いというよりは、愚痴聞きであり、カウンセリングであり、相手を慰めたり勇気づけたりするものだ。

客がそれで元気になって帰っていくのなら、これはこれで「あり」なのだろう。

少なくとも岩塩などは別料金を取ってはいないし、他におかしな物を売りつけたりもしていないだけ、良心的なのかもしれない。

天音の夢の解釈のようなものは、何か深層心理とか、そういうものを読み解いているのだろうか。

天音は何か、心理学とか、そういうものを学んだ裏づけがあるのだろうか。

そんなことを考えている間に時間が過ぎていき……

「ありがとうございました！」

元気な声で宇津木が言って、奥の部屋から出てきた。

充貴を見てにこっと笑う。

「次の予約、してっていい？」

「あ。はい」

充貴は慌ててパソコンを予約画面に切り替える。

元気な足取りで宇津木が帰っていくと、天音が大きく伸びをしながらのっそりと立ち上がり、部屋から出てきた。

今日の服装は銀色に輝くガウンと紫色のターバンで、天音の衣裳としては色彩が抑えめだと思うようになってきている自分に気づいて、充貴はちょっとおかしくなった。

「俺にも、お茶淹れて」

「はい」

充貴が天音にハーブティーを淹れると、天音は立ったままそれを飲み、ふうっとため息をついてから、まじまじとカップを見た。

汚れでもついていたかと充貴が不安になっていると、今度は充貴を見る。

「お前のお茶さ、美味《うま》いよな」

「え？」

褒められるとは思っていなかった充貴は慌てた。

祖父の家で台所に出入りしているうちに、日本茶や紅茶、コーヒーを淹れるためのお湯の温度や注意点などは自然に覚えたのが、少しは役に立っているのだろうか。

「あ、ありがとございます」

「そういうとこ、面白いよな」

天音は続ける。

「日本人は褒められると一応謙遜してみせるものなんだけど、お前は礼を言う」

これは褒められているのか怒られているのか微妙だ。

　すると天音は、充貴をじろりと見た。

「そして今は、俺の顔色を窺《うかが》ってる。お前さ、相手がどういう気分でいるか、すげー気にするだろ。他人の顔色を窺ってびくびく生きてるっていうか」

　充貴はぎくりとした。

　それは……否定できない。

　顔色を窺うというのは、祖父の家で親族に対して身に染みついてしまったことだ。

　もちろんそこには、自分に向けられた相手の感情を「痛み」のように感じてしまうという、充貴の問題も関係しているのだろう。

　しかし天音は鋭い。

　愚痴聞きやカウンセリングのような「占い師」として商売する以上、必要な才能なのだろうか。

「天音さんは……何か、心理学とかの勉強をなさったんですか……？」

　充貴が尋ねると、

「やってない。あんな理屈は邪魔になるだけ」

　天音はあっさり首を横に振った。

　それがかえって、何かをちょっと聞きかじっただけの付け焼き刃ではないという、自信のようなものを感じさせる。

さきほどの、宇津木の見る夢に対するアドバイスも、何かそういう、彼なりのノウハウがあるからこその自信で読み解いたのだろうか。

充貴はふと、自分の見る夢のことを思った。

幼いころから繰り返し見る夢。

長く続く一本道を、どこまでもどこまでも歩いていく夢。

ああいうものにも何か……意味があるのだろうか。

正直言って、ずっとあの夢が気になってはいたのだ。

「あの」

充貴は、思い切って言った。

「僕も……気になる夢を見るんですけど……」

「ストップ」

天音が充貴の顔の前に、その大きな掌《てのひら》を突きだして言った。

「夢の内容を話すつもりなら、ちゃんと客として予約取って」

「あ」

充貴ははっとした。

それはそうだ。当然のことだ。

天音はそれで料金を取って商売をしているのだから、タダで読み解いてもらおうなどというのはずうずしい話で、うっかりそんなことをしそうになった自分が恥ずかしい。

するとと天音は、充貴を見てにやっと笑った。

「何、俺の仕事、信用する気になってきた？　最初、すげーうさんくさいと思ってただろ」

ずばりと言い当てられて充貴は慌てた。

「す、すみません、だって……占いってこれまで縁がなくて……でも」

ちょっと頭の中を落ち着かせて、言葉を続ける。

「お客さんがすっきりした顔で帰っていくのを見ていると、こういう仕事も必要とされてるんだなあって、思います」

「お前は素直だなあ」

天音は笑い出した。

「そのあたりは母親似――」

言いかけて、はっとしたように口をつぐんだが、充貴はその言葉を聞き逃さなかった。

「天音さんは、僕の母を知っているんですか⁉」

最初に話したときには知らない、と……いや、違う。親族の系譜が頭の中に入っていると言っただけで、知っているとも知らないとも言わなかったような気がする。

「あー、なんというか」

天音はしまった、という顔だ。

「一度だけ、ちょっと、見た。俺は一度見た人の顔や印象は忘れないほうだから、純粋で優しい人なんだろうとは思ったけど、直接話してはいないから」

「それは……親族の集まりか何かで……？　もしかして、そのときの写真か何かがあったりはしませんか？」

何しろ両親は、充貴が幼いころに亡くなってしまった。

顔もおぼろなイメージしか覚えていない。

祖父の家に母の若いころの写真はあったが、父の写真はなく、事実上充貴は両親の顔を知らないようなものなのだ。

しかし天音は無慈悲に首を振った。

「ない。そもそも、北郷の親族の集まりなんてものは、ない。申し訳ないが、お前の両親についてお前に話してやれるようなことは、ひとつもない」

その言葉に、充貴はかすかな違和感を覚えた。

天音が……嘘《うそ》をついている、とまでは言わないが、何かを隠しているような気がするのは、気のせいだろうか。

いや、そんなことを考えてはいけない、と慌てて自分の考えを否定する。

他人の顔色を窺うようにして生きてきたので、疑い深くなってしまっているのかもしれない。

そのとき次の客の来訪を告げるチャイムが鳴り、天音はカップを充貴のデスクに置くと、さっと踵を返して奥の部屋に入っていった。

天音の仕事は、この家で客を受けるだけではなかった。

月に一日、水曜以外にも予約を受け付けない日があったので、その日の扱いについて尋ねると、

「外仕事の日だから」

天音はあっさりそう答えた。

充貴は、何か……お客の家に呼ばれて行く場合もあるのかと思ったのだが。

「S市のショッピングモールの占いコーナーに座る」

天音はそう続ける。

「ショッピングモールの……占いコーナー……？」

「見たことない？　ブースがいくつかあって、占い師が何人か並んでるの」

そんなものは見たことがない。

もっとも充貴が育ったT市には古い商店街がいくつもあり、ショッピングモールのよう

なものには反対する人が多く、結局充貴が大学生のときに隣の市にできたくらいで、充貴自身は行ったことがないので、知らないだけかもしれない。

いや、商店街の中に手相見が座っているのは見たことがある。

だが「何人か並んでいる」というのはどういう状況なのだろう。

それこそ手相とか、星占いとかタロットとか、そういう専門別の人が集まるのだろうか。

客は通りすがりなのだろうか、それともそこに占い師がいるのを知っていて、目指してくるのだろうか。

人気のある占い師のところにだけ行列ができたりするのだろうか。

だとすると、天音は行列ができるほうなのだろうか。オンライン予約も取りにくいくらいだから、もしかすると何十人も並ぶのだろうか。

「僕は何をすればいいですか」

ここに座って受付をするのとは違う仕事があるのだろう、行列を整理したりするのだろうかと思って尋ねると……

「ない」

天音は首を振った。

「狭いブースだし、待機場所もないし。その日は、お前は休みってことでいいから。出かけるなり一日寝てるなり好きにしろ」

休み。

天音の仕事が休みの水曜日も、充貴にとっても休みのようなものだが、それとは別に休みが貰えるのか。

ありがたいと思いつつも、何をしていいのか見当もつかない。

せっかく上京したのに天音の家周辺以外見ていないから、ちょっと東京見物でもするべきだろうか、と充貴はぼんやり思った。


当日になると、天音はいわゆる「それっぽい」扮装をして、自分で車を運転して出かけていった。

てっきり向こうで着替えるのかと思っていたのだがそうではないらしい。

それでも化粧は少し控えめで、眉を描きアイラインを引いた以外は黒っぽい口紅だけだ。

途中で検問などがあっても、免許証の写真となんとか同一人物であることくらいはわかりそうな雰囲気。

衣裳も天音が持っているものの中ではかなり地味めで、襟元に赤い刺繍《ししゅう》が入った黒いシャツに裾の広がった黒いズボン、その上からワインカラーの、かなり目の粗いニットの、ロング丈カーディガン。

足元は、先がとがってはいるが、形はまあまあ普通と言える、赤い革靴。

「行ってらっしゃい」

ガレージから道路に出ていく車を見送って、家の中に戻ろうとし、充貴はふと、地面に何かが落ちているのに気づいた。

四角い、平たいもの。

拾い上げてみると地味な茶色い革製のカード入れで、中身は……交通系のＩＣカードと、クレジットカード。

当然、天音名義のもの。

それと、夢占い師ブルーメ天音の名刺が数枚。

車に乗るときに落としたのだろうか。

「ど……どうしよう」

充貴は慌てて道路に出て左右を見たが、天音の車はもう見えない。

どうすればいいだろう。

持っていくつもりで落としていったのだから、ないと困るのではないだろうか。

電話……と思ったが、考えてみると充貴は、天音の携帯の番号を知らない。

そもそも携帯を持っているのかどうかすらわからない。

これは……届けたほうがいいのではないだろうか。

充貴は慌てて家の中に戻り、受付にあるパソコンを立ち上げた。

確か、S市にあるショッピングモールと言っていたと思い調べてみると、確かに大きいショッピングモールがひとつある。

しかしそこまで、どうやって行ったらいいのか。

充貴は東京の、それも都下と呼ばれる西側の地域にはまったく土地勘がない。

天音の家の周辺をようやく覚えたが、それも買い物をする店だけだ。

調べてみると、ショッピングモールの最寄り駅と、天音の家の最寄り駅は、路線が違うらしい。

そしてどうやら東京の西側というのは、東西に延びる路線が何本かあるが、それを繋ぐ南北の路線というのがほとんどないらしい。

バス……は、系統が複雑で初心者にはハードルが高そうだ。

ようやく充貴は、一度都心まで出て乗り換えるのがいいらしいという結論に達した。

いくつか出てきたルートを、必死にメモする。

スマホがあれば地図アプリを使えるのだろうが、充貴が使っていたスマホは祖父が料金を払っていたものなので、堀池家から出る時に置いてきてしまったのだ。

急いで戸締まりをして家を飛び出し、駅に急ぐ。

都心まではなんとか出て、迷路のような地下街で迷いながらようやく目的の路線の駅に辿り着く。

ちょうど降りたい駅行きの電車があったのでほっとしてそれに乗ると、途中で何度も通過待ちがあってどんどん他の列車に追い越され……

へとへとになってなんとかショッピングモール行きのバスに乗ったときには、家を出てから二時間以上が経っていた。

このカード類がなくて、天音が困っていなければいいのだが、とそれだけで気が急《せ》く。

ようやくショッピングモールに着き、巨大な建物の中でインフォメーションを探すだけで手間取り、そこで占いコーナーの場所を聞いて辿り着くと……

それは、とても小さな、地味な場所だった。

通路の果ての奥まった場所にある、大きな階段の下の空間。

ショッピングモールじたいの賑《にぎ》わいからは切り離されたような、よく言えば静かな、悪く言えば……寂れた場所だ。

人一人がようやく座れるくらいの小さなブースが仮設のような薄い壁に隔てられて四つ並んでおり、それぞれの奥に占い師が座り、小さなテーブルを隔てて手前に置かれているパイプ椅子に客が座るようになっている。

一人は天音よりも派手な化粧と服装の、年配の女性。一人は天音といい勝負の派手さの三十代くらいの女性、そして一人はスーツ姿の中年の男性だ。

充貴が想像したような行列などなく、四つのブースのうちふたつにかろうじて客がいるだけで、待っている客もいない。

それでも、埋まっているひとつが天音のブースだったので、充貴はなんとなくほっとした。

終わるまで少し離れた場所で待とうと、階段の前にある通路の反対側で、通る人の邪魔にならないよう壁に寄っていると……

「あ、占いコーナー出てる」

通りかかった二人連れの若い女性が、目の前で立ち止まった。

「空いてるよ？　占ってもらう？」

「えー、でもタロットの人は埋まってる。どうせならタロットがいいなあ」

「じゃあ、一回りして、空いてたら見てもらおうか」

「そうだね」

そんなことを言いながら去っていく。

どうやら、ここが目的で来るというよりは、通りすがりにふらりと入ってみる、という客を目当てにしているようだ。

それでも充貴が見ている間にもうひとつのブースが埋まり、塞がっていたひとつが空き、そしてようやく天音のブースに座っていた白髪の女性が立ち上がった。

「ありがとうございました」

「はい、頑張ってね」

料金を受け取って天音が手を振るのが見え、充貴がブースに近寄ろうとすると、横からふいっと一人の客が充貴を追い越し、天音のブースの前に立った。

仕方ない……もう少し待とう、と充貴はまた壁際に退《しりぞ》いた。

よく見ると、ブースの前に「三十分五千円」という紙が貼ってある。

では三十分、どこかで時間を潰してこよう……と考え、充貴はその奥まった通路から出ると、ふらりとそのフロアを一周して、また占いコーナーのほうに戻っていき……ふと足を止めた。

太い柱に凭《もた》れてスマホで何かを見ている、一人の男が目に留まったのだ。

いや、何か、というのはスマホの画面ではない。

手元に視線を落とすふりをしながら、なんとなく上目遣いで、占いブースのほうを見ているのではないか、という気がする。

きちんと髪を撫でつけた四十代くらいの男で、着ているものは休日のサラリーマンのようなカジュアルだが、なんとなくそれが身についていないような気がする。

充貴はそっとあたりを見回し、もう一人、別の男に気づいた。

こちらはスーツ姿。

手元にビジネスバッグを持っているが、なんとなく手つきがおかしいというかバッグの陰で、何か操作しているような。

スマホで何か……撮影しているような。

角度的に、撮影しているとすれば、やはり占いブースのほうだ。

こんな、平日のショッピングモールの寂れた一角にある占いコーナーを、二人の男が見張っているように見える、というのもなんだか妙だ。

と、そのとき、天音のブースにいた客が立ち上がった。

料金を払って頭を下げ、その場を離れる。

また他の客に先を越されないように、充貴は慌てて占いブースに駆け寄ると、ちょっと期待している目つきの他の占い師の前を過ぎ、天音のブースの前に立った。

ちょうど俯いていた天音が充貴の影に気づいてか、

「はい、いらっしゃ——」

そう言いながら顔を上げ、充貴だとわかると眉を寄せた。

「なんだよ、なんでここにいる。来ないでいいと言っただろう」

不機嫌そうな声に、充貴は慌ててカード入れを差し出した。

「あ、あの、これ、忘れ物だと思って……」

天音は驚いたように眉を上げ、それから小さく舌打ちをした。

余計なことをしたのだろうか、と充貴が不安になり、それ以上邪魔をしないようにとその場を離れようとすると……

「座れ」

天音が小声で、しかし鋭く言った。

「え」

「座れ。お前は客だ。三十分ここにいて何か話せ」

そう言う天音の視線が、ブースの外のほうに向けられていることに充貴は気づき、はっとした。

もしかして。

慌てて、天音と小さな机を隔てたパイプ椅子に座る。

「あの、変な男の人が二人、こっちを見てるんですけど、それと何か関係が……」

「お前は本当に、下手に勘が鋭いな」

天音はぶっきらぼうに言ってから、ふと自分の声音の鋭さに気づいたように苦笑した。

「いや、お前のことを怒ってるんじゃない。なんというか、こんな仕事でも面倒な相手はいるんだよ。別にたいした害はないんだけど、あいつらに、お前が俺の知り合いだとは思われたら面倒くさいから、とにかく三十分ここに座ってろ」

充貴が天音の知り合いだとあの男たちに悟られないように、客のふりをしろ。

そういうことか。

ではあの男たちは、占いブース全体というよりは、天音を見張っていたということなのだろうか。

「で？」

天音は、机の上にあったキッチンタイマーのようなものを三十分にセットして言った。

「なんか悩んでるの？」

これは、仕事用の口調だ。

充貴も相談者の芝居をするべきなのだろうが、あいにくそう器用なほうではない。

悩みといえば、他人との距離が近いと、相手の感情が「痛くて」辛《つら》い、ということだが……それはなんとなく、他人に言ってはいけないことのような気がしている。

そんなふうに感じる人間のことは、聞いたことがない。

それに、もしそんな話をして、ただ単に神経質で過敏すぎて、他人の感情を勝手に大げさに受け取っているだけ、などと言われてしまうと、それはそれで怖いような気もする。

こんなに大きな悩みなのに、やはりその辛さは理解してもらえない、という怖さ。

ましてや、今ここで天音と話すのは「芝居」なのだから。

だが架空の悩みを話して相談のふりなどという器用なこともできず、充貴はふと思いついたことを口に出した。

「夢のことでもいいですか……？」

天音の、夢占い師という肩書きがやはり気になる。

「料金はちゃんと」

「だめ」

天音は、充貴の言葉を最後まで聞かず、きっぱりと言った。

「お前の夢の話は、聞かない」

どうしてだろう。

客の夢の話は聞いているのに、どうして充貴の夢の話は聞いてくれないのだろう。

この間、夢の話をしようとしたときは、客として予約を取れと言ったのに。

だが、天音がそう言うなら仕方がない。

「それならあの、将来のことで」

これならこの場で話せそうだし、実は深刻な問題でもある。

「将来？　いいだろう」

天音が頷く。

充貴は少し考え、言った。

「自分が何をしたいのか……何ができるのか、よくわからなくて」

「まあ、自分が何をしたいのかはっきりしてる人間のほうが本当は少ないいんだけど」

天音はそう言うと、ペンを手にした。

「誕生日教えて」

充貴が自分の生年月日を言うと天音はそれを紙に書き、それからその横に、何かの数字を書きつける。

「それは……？」

「お前の名前の画数」

当然充貴のフルネームは知っているわけだがそれは書かず、その画数だけを書いているのだ。

生年月日と画数……これはどういう種類の占いなのだろう。

天音はその数字の間に線を引き、ささっと、あれを足したりこれを引いたりしている。

「もともとお前は、芯は強い。基本的に人間が好き。だけど、他人の気持ちに敏感すぎるから、あれこれ気を遣いすぎて辛い……って思い当たる？」

充貴は驚いて天音を見た。

天音は確かに鋭い。

そして充貴が自分に向けられた他人の感情を「痛い」と感じることを、敏感すぎる、気を遣いすぎる、と表現できるのは確かだ。

これまで自分が基本的に人間が好きかどうか、などと考えたことはなかった。

だが……相手が自分に向ける「負」の感情が「痛い」というのは、相手に嫌われるのが辛いからなのかもしれない。

相手からどう思われようと気にしなければ、辛くはないのだろうか。

自分は……人間が好きで、好かれたい、嫌われたくないと思うから、辛いのだろうか。

誰かが自分のことをひそひそと話していれば、自分の何が悪いのだろう、自分はここにいてもいいのだろうか、自分は誰かの邪魔をしているのではないか、と思わずにはいられない。

それは自分の欠点だと思い続けてきたが、「人間が好きだから」だと思えば、少し見方が変わるような気もしてくる。

考え込んでいる充貴に、天音が尋ねる。

「今の職場は？　居心地はいい？」

今の職場、というのは天音の家のことだ。

「あ、はい」

躊躇うことなく、充貴は頷いた。

「とてもよくしてもらって、申し訳ないくらいです。僕にできることを精一杯やらせてもらっています。本当はどれだけ役に立てているのかわからないんですけど……」

「その考え方」

天音はぴしゃりと言った。

「申し訳ないとか、どれだけ役に立てているのかとか、そういうのは必要ないんだよ。ちゃんと給料をもらって、それに見合った仕事をしてるわけだから――」

天音はそこでぴたりと言葉を止め、充貴を見た。

「給料の話、したっけ?」

「え……いえ」

充貴は首を振った。

だが実のところ、給料など貰っては、それこそ申し訳ないくらいだ。

衣食住すべてを支給されているようなものなのだから。

しかし天音は自分に呆れたように額に手を当てる。

「その話をしなくちゃと思ってたのに、忘れてた。ただ働きさせるつもりはないんだ」

「でも、出費が全然ないので、いらな……」

「それはそれ。自由に使える金もないし貯金もできないいんじゃ、雇われてるんじゃなくて奴隷労働と一緒なんだよ。そういうことを受け入れちゃいけない。お前に必要なのは、遠慮を捨てて権利を主張することだ。まあこの場合、一番悪いのは雇い主なんだけどさ」

天音は苦笑し、それから真顔になる。

「実際、お前が来てくれて、お前の雇い主は助かってる。最初は、次の人を探すまでの繋ぎくらいに考えてたんだけど。客も、あそこにお前が座ってるだけでリラックスできているると思う」

充貴は戸惑って思わず首を傾げた。

ストレートな褒め言葉は嬉《うれ》しいけれど、本当に、そんなふうに言ってもらえるような仕事ができているのだろうか。

「その顔、疑ってるな」

天音が苦笑する。

「お前のさ、他人の心境を読んでさりげなく気遣いをするのが……このさりげなくってのが大事なんだ。わざとらしく気遣いを押しつけるんじゃない、それが意外に難しいもんだ。たとえば、相手の気分や天気によって、お茶を淹れるお湯の温度、調節してるだろう？」

充貴は驚いて天音を見た。

それほど明確に意識していたわけではないのだが……確かに、している。

とはいっても、落ち込んでいる感じの客には少し温度を上げて、愚痴を言ってすっきりしたいという客や緊張している客にはぬるめのものを、気温が高くてからっとしていればぬるめ、雨が降ってすっきりしないときは熱め……その程度のことだ。

それが「気遣い」であることも意識していなかったし、ましてや天音が気づいていると も思わなかった。

「自覚が薄いんだな。でもだからこそ、さりげないんだ」

天音は頷いてから、

「だけど」

がらりと口調が変わる。

「最初にも言ったけど、あれを一生の仕事にするってのもどうかと思うから、先のことを考えろってことだな」

「はい」

充貴は頷いたが、何しろ、それが難しい。

祖父の庇護のもと、地元の高校と大学を出て、一族の会社に入る。

そうやって、あの地方の、堀池という名家を支えるひとつの駒になる。

子どものころから、それが自分の将来像だと思っていたからだ。

予定されていた就職も、充貴の「引っ込み思案」な性格を祖父が慮《おもんぱか》ってのことだろう、外の人間と接することがほとんどない、内勤の事務だった。

すると、天音がタロットカードを取り出し、裏返しにばらりと広げた。

「この中から一枚選んで、表に返して」

充貴は言われた通りに、一枚を表に返す。

タロットカードのことはまったくわからないが、何やらきれいな模様だとは思う。

「もう一枚」

促されて、もう一枚を返すと、これは少し怖いような気がする模様だ。

「ふーん」

天音が今度は自分で一枚のカードを選び、充貴が選んだカードに並べる。

「抑圧と解放。回り道。まあ、これまでずっと頭の上に乗ってた重しがとれて、どっちに進むかゼロから考えるわけだから、急いでも仕方ないか」

抑圧というのは、祖父の家で自然と「将来はこう」と思い込んでいたことのことを言っているのだろうか。

充貴はそれを苦痛と感じたことはなかったのだが……いや、感じていたのだろうか？

そして、祖父が亡くなって堀池から放り出されたのも、捨てられたというよりは解放されたのだと取れば……自分は、突然降って湧いた「自由」の使い方を、まだよくわかっていない、ということなのだろうか。

占いで、そんなことまでわかるものなのか。

と……

「って感じだな」

天音はからっとした口調で言って、広げたカードを無造作にかき集めてまとめた。

「こうやって適当に客をだまして金を巻き上げてるわけだ」

「え？」

充貴は驚いて天音を見た。

天音の目に、茶目っ気のようなものが浮かんでいる。

「それくらいに考えて、あまり真に受けすぎるなってこと。でも、何か考えるきっかけくらいにはなっただろ？」

もちろんだ。

そして、天音にだまされたとも思わない。

自分では気づかなかった新しい視点を与えてくれるものなら、遠慮なく受け取ればいいのだろう。

「ありがとうございます」

充貴は頭を下げ、それからふと頭に浮かんだことをつけ加えた。

「僕は、天音さんの厄介になって、迷惑に思われているんじゃないかと思っていたんです。そうではないとわかったので、それが一番嬉しいです」

「――お前」

天音は驚いたようにまじまじと充貴を見つめ……

それから吹き出した。

「なるほど、俺のほうもまだ、お前の奥深さを見極めきれてないってわけか」

どういう意味だろう、と思った瞬間、机の上のキッチンタイマーが小さくぴぴっと鳴った。

「はい、終了。五千円持ってる？」

天音に尋かれて、充貴は慌てて財布を出した。

とはいえ、これは天音から預かっている家計の買い物の財布だ。

「これしか」

「いい、いい。そっから出しとけ。忘れ物の届け賃だ。あと、晩飯は俺がここで何か買って帰る。たまにはいいだろ」

そう言われて充貴は五千円札をきちんと両手に持って天音に渡し、そして立ち上がる。

「ありがとうございました」

そう言ってその場を離れると、入れ替わるように一人の女性が天音のブースに入っていった。

見ると、他のブースも埋まっている。

そして、あの怪しい男たちも、いつの間にか姿を消していた。

その日、天音はしゃれたフレンチのデリを買ってきてくれて、一緒に夕食を取ると「疲れた、寝る」と寝室に引っ込んだ。

充貴も片づけを済ませて自分の寝室に引き上げ、横になる。

往復、慣れない電車に乗ったので結構疲れたが、それでも悪くない一日だった。

ここで、まがりなりにも天音の役に立てているのだと思えたことが、一番大きな収穫だという気がする。

ただの厄介者ではない、と思ってくれていることが。

もし天音が雇ってくれず、放り出されていたら、今ごろ自分はどうなっていただろう。坊ちゃん育ちの世間知らずで、それなのに他人の顔色を窺いすぎ、他人との距離感が難しく、そして押しが弱く、特技も資格もない自分は、世間の荒波に揉《も》まれるどころか、押し流されて溺れてしまったかもしれない。

天音に助けられた。

それにしても母は、どうして守り袋の中に、天音の住所を書いたメモを入れておいたのだろう。

親戚づき合いはほとんどない、天音も母を見かけたことがある程度だと言っていたのに、どうして、充貴が困ったとき頼れる存在だと思ったのだろうか。

だがそれも……もし知る必要があることなら、いずれわかるだろう。

そう考えながら目を閉じると、早々に眠りが訪れてきて……その夜充貴は、久しぶりにあの夢を見た。

真っ直ぐに、一本道を歩いていく夢を。

それはなだらかな下り坂で、行く手には花々が咲き乱れる草原がある。

それが、天音の家の前庭に似ているのだと、充貴は夢の中で気づいて嬉しくなった。


数日後の、水曜の夕方近く。

休みで一日寝ているはずの天音が、思いがけず一階に降りてきて、充貴がいたキッチンを覗いた。

「なんか、食うものある？」

珍しいことだと思いながらも、

「簡単なものなら――」

そう言いかけ、のっそりとキッチンに入ってきた天音を見て、充貴は絶句した。

別人だ。

いや、初日に、風呂上がりの天音を見てやはり「別人」と思ったが、これは、それ以上に別人だ……！

天音は、スーツを着ていたのだ。

身体にぴったりと合って皺《しわ》ひとつ寄っていない、一目で誂《あつら》えとわかる濃紺のスーツ。

真っ白なワイシャツに、金茶系のネクタイ。

真珠のネクタイピンとカフスもつけている。

そして髪型は、きちんと分けて撫でつけており……それが、天音の彫りの深い顔立ちを、品よく、そして男らしく引き立てている。

どことなく貫禄もある。

一言で言うなら、若き有能経営者、とでもいう感じだろうか。

あの変な扮装よりもはるかに似合うし、これがもしかすると天音の本質に近いのではないか、とすら思える。

「どうした」

無愛想な口調と、眉を寄せた表情は、紛れもなく天音なのだが。

「あ、いえ」

充貴は、自分が天音に見蕩《みと》れてしまっていたことに気づいた。

「すみません、ええと、食べるもの……残り物とかでいいですか？」

充貴が昼に食べて、残りを夕食に回そうかと思っていた煮物がある。

「上等だ」

天音が頷いたので、煮物を温め、簡単な味噌汁を作り、ご飯をよそい、天音が食べている間に急いで小松菜としらす入りの卵焼きを作ってつけ加える。

「……こういう、あり合わせで何かさっと作れるというのは、才能だな」

天音が食べながら言った。

「才能、ですか」

「メニューを決めてから必要なものを買ってきて作るんじゃなくて、あるものでメニューを組み立てるってのは意外に難しい。お前にはそれができるんで助かる」

祖父の家の手伝いの女性たちから教わったのは「田舎の年寄り向け」という感じの料理ばかりで、しゃれた横文字の名前のメニューが作れないのがなんとなく申し訳ないような気がしていたのだが。

天音はそれが苦にならない……というか、むしろ気に入ってくれているのは感じていた。

それを「才能」とまで言ってくれるのは、嬉しい。

お返しというわけではないが、自分も、何か天音のいいところを口に出したい、という気がして充貴は言った。

「天音さんは、そういう服装もなさるんですね。とても似合ってて、びっくりしました」

「あ？　これか？」

天音は眉を寄せて自分のスーツを見た。

「まあ、こういうものを着なくちゃいけない日もあるからな。似合ってないよりは、似合ってるほうがいい」

その言葉の裏に充貴は、天音が気の進まない、気の重い相手に会わなくてはいけないのだ、という雰囲気を感じ取った。

仕事だろうか、仕事とは違う用事なのだろうか、それもなんとなく、これ以上尋ねてはいけないような気がする。

「ごちそうさん」

天音は立ち上がり、さりげなく言った。

「もうちょっとしたら出かける、見送りに出てこなくていいから」

「はい、いってらっしゃい」

充貴は頷いて答えた。

それから充貴はキッチンで洗い物をし、二階の自分の寝室に引っ込んで、なんとなく窓から外を眺めた。

充貴の部屋からは、家の正面を通る道路がよく見える。

普通の住宅街の、大型のトラックなどはすれ違うことができないくらいの道だ。

そこへ、一台の車が現れた。

黒塗りの、外国製の高級車だ。

充貴はそれほど車に詳しいほうではないが、それでもめったに見ない高級車だということはわかる。

ぴかぴかに磨かれて黒光りのするその車は、天音の家の正面に駐《と》まった。

もしかするとあれが……天音が珍しくスーツを着て出かけるのに、乗っていく車なのだろうか。

充貴が見ていると、車から黒いスーツを着た大柄な男が二人、降りてきた。

なんというか……ドラマや映画などで見る、ヤクザかボディガードのような雰囲気だ。

一人がインターホンを鳴らす。

やはり、天音を迎えに来たのだ、と充貴が思ったとき……

男のうちの一人がふと家を見上げ、窓から見下ろしていた充貴を見たような気がした。

はっとして充貴は、とっさに奥に引っ込んだ。

どうしてそんな反応をしたのか自分でもわからないが、見られてはいけなかったような気がする。

と……

門の外で、天音が男たちと何か言い合うような声が聞こえ、それからその声が門の中に、そして家の中に入ってきた。

階段を上ってくる複数の足音。

充貴の心臓がどきどきと走り出す。

軽くノックの音がして、扉が開いた。

「充貴、ごめん」

天音が、この上なく不機嫌そうな顔で立っている。

その背後に、黒いスーツの男たち。

「これが、住み込みの助手ってやつか」

低い声で男の一人が言った。

天音が充貴のことを尋かれて、そう説明したのだろうか。

「助手なら、師匠の外出に供をするべきだろう。一緒に来てもらおうか」

充貴は戸惑って天音を見た。

天音はふう、とため息をつく。

「悪い、充貴、一緒に来て」

その抑えた声音に、充貴は静かな怒りを感じ取った。

自分の失敗だ。

窓からうかつに外を見たりしていたからだ。

まさかこの家で、誰かに見られてはいけないなどという事態が起こるとは思ってもいなかったのだが、それでも普段とは違う天音の雰囲気から、もっと何かをちゃんと読み取らなくてはいけなかったのだ。

「すみません」

充貴は小さくそう天音に謝り、踵を返した黒スーツの男たちと、それに続く天音の後ろから、部屋を出て階段を降りた。

家を出ると、黒塗りの車からもう一人、帽子を被った運転手のような男が出てきて、後部座席のドアを開ける。

男たちは無言で頷き合い、一番奥に天音、真ん中に充貴、最後に男が一人乗り込み、運転手ともう一人のスーツの男が前に座ると、車は静かに動き出した。

全員が、無言だ。

天音と黒スーツの男、大柄な二人に挟まれて小さくなりながら、充貴は車内のどことなく緊張した雰囲気に飲み込まれそうになっていた。

どこへ行くのだろう。

天音がこんな格好をして、こんな人たちが迎えに来て向かう先など、想像もつかない。

仕事の……占いの関係なのだろうか、そうではないのだろうか。

そっと隣に座る天音の横顔を窺うと、天音がちらりと充貴を見た。

ほんのわずか眉が寄り、目が細められる。

そのかすかな表情の変化の中に、充貴はなんとか「気をつけろ」というメッセージを読み取ったような気がした。

やがて車は繁華街の裏通りに入っていき、一軒の、板塀で囲まれた建物の前で駐まる。

黒スーツの男たちが先に降り、身振りで降りるように促したので、充貴は慌てて車を降り、続いて天音も降りてくる。

そのまま前後を男たちに挟まれるようにして、板塀に開いた小さな扉をくぐった。

手入れされた和風の植栽の間に、短い石畳の道が通り、その先に和風の建物がある。

着物姿の中年の女性が引き戸の玄関の前に立っていて、頭を下げた。

「たった今お着きになりまして、お待ちでございます」

黒スーツの男に小声でそう言い、先に立って建物の中に入る。

ここはどうやら……個人の家ではなく、何か、店……料亭のようなものかもしれない、と充貴は思った。

あくまでもイメージだが、政治家などが誰かと密談を交わす場所、という感じだ。

廊下は磨き抜かれ、壁には小さな額や一輪挿しがかかっている。品のある佇《たたず》まいと静けさの中に、かすかに香が焚《た》かれているようなにおいもある。

スーツ姿の天音はともかく、適当なTシャツの上に適当なチェックのシャツを羽織った自分の格好が、とてつもなく場違いに思える。

と、廊下の曲がり角まで来たとき、男の一人が充貴の前に腕を出して遮った。

「助手さんはこっちで待機してもらおう」

はっとして天音を見ると、天音は無表情で頷く。

そのまま男の一人が天音とともに廊下を右に行き、充貴は左に曲がってすぐのところにあった襖《ふすま》の中に押し込まれた。

「ここで待て」

男がそう言って外から襖を閉める。

そこは、八畳ほどの和室だった。

床の間があり、真ん中に座卓が置かれ、向かい合うように厚い座布団を敷いた座椅子が置かれている。

窓の障子が一枚開いており、外は夕日に照らされている小さな坪庭だ。

充貴は座卓に向かって座る気にもなれず、下座側の壁に寄りかかって膝を抱えた。

状況がまったくわからない。

ここで一人で待たされるのなら、どうして一緒に連れてこられたのだろう。

天音はこの建物のどこかで、いったい誰と、何をしているのだろう。

時折、廊下を歩く辷《すべ》るような足音が聞こえる以外物音もまるでなく、外界から切り離されたような空間で、一時間ほど経っただろうか。

ふいに「失礼するよ」と男の声がして、充貴がはっと居住まいを正すと、襖が開いて一人の男が入ってきた。

グレーのスーツに銀縁の眼鏡《めがね》をかけた、三十代くらいの痩せた男だ。

「お待たせして申し訳ないね」

そう言う口調はやわらかだが、なんとなく、油断のならない感じがする。

男は躊躇うことなく上座の座布団に座り、壁際にいる充貴を見て苦笑した。

「まあ、そんな端にいないで座りたまえ。今、飲み物も来るから」

男がそう言うのと同時に「失礼いたします」と女性の声がして、玄関先にいたのとは違う和服の女性が入ってくると、座卓の上で急須からふたつの湯飲みに茶を注ぎ、和菓子を置いて出ていく。

「まあどうぞ」

男はそう言って自ら湯飲みに口をつけて茶を飲んだ。

不審なものは入っていないというポーズなのだろうか。わざわざそんなことをされると、かえって警戒したくなる。

充貴はゆっくりと座卓に近寄り、男の向かいに座った。

「今日は悪かったね。天音先生の用事に助手が必要かどうか、迎えの者が判断できなくて、人さらいのように連れてきてしまった」

男はそう言って笑うが、目は笑っていない。

だが……天音のことを「天音先生」と言うからには、少なくとも天音は丁重に遇されているということなのだろうか。

「住み込みの助手がいるとは知らなくて……ああ、名前はなんだった？」

そう尋かれ、充貴の頭で警報が鳴った。

この男は充貴の名前を知りたがっている。

だが……正直に答えていいものかどうかわからない。

天音に尋いてからではなくては。

車の中で天音はなんとなく「気をつけろ」というメッセージを発していたと思う。

「……堀池、充貴です」

充貴はそう名乗った。

母の旧姓であり、育ててくれた祖父の名字。

充貴自身、「堀池の子」と見られ、育ったT市でも説明が面倒なときには「堀池の者です」と名乗ることもあったくらいだから、割合すんなり口から出てくる。

「堀池充貴くんね」

男はその名前をしっかり覚えたよ、とでも言うように繰り返した。

「いつから天音先生のところにいるの？」

これも……正直に何もかも答えていいのかどうか、よくわからない。

そもそも何に警戒すべきなのかわからないのだから、すべてに警戒すべきなのだろう。

充貴がすぐに答えないので、男は猫撫で声を出した。

「別に、答えられないようなことじゃないだろう？　少し前まで、女の人がいただろう。あの人は受付とか雑用だったけれど、きみのように若い男の子が占い屋の雑用、しかも住み込みってのは少し珍しいよね。求人広告を出しているわけでもないだろうし、誰かの紹介で入ったのかな？」

ああ、そういうことか、と充貴は思った。

男は、天音と充貴の関係を知りたいのだ。

そして、この男が知りたいことには答えないほうがいい、という気がする。

そこまで警戒しなくてもよかったのだ、とあとから天音に笑われるかもしれないが、用心に越したことはない、と思う。

それに、この男にはどうしても、好感が持てない。

「おい」

無言でいる充貴に、男が苛立ったように見えた。

「そう警戒しなくてもいいだろう。こっちはきみの師匠に仕事をお願いしようと思っている立場なんだから、別に敵じゃないんだよ。退屈しのぎに相手をしてやろうと思っているだけなんだから」

なんとか、苛立ちを抑えようとしているが、うまくいっていない口調。

下手に出ることには慣れていない人間、という気がする。

だがおかげで、こちらが知りたいことを勝手に喋ってくれている。

この男たちは、天音に「仕事をお願いしている」のだ。

それはやはり、占いの仕事ではあるのだろうが……なんとなく、天音が自宅で、愚痴や悩みを聞いてアドバイスをしている占いとは違うような気がする。

天音の仕事は、これまで充貴の目に見えていたものとは少し違うのかもしれない。

そして、目の前の男の苛立ちはじわじわと増している。

あまり相手を怒らせてもいけないように思う。

「……僕は、よくわかりません」

充貴はしぶしぶ言った。

「前の人のことも知りませんし……仕事のことも、よくわかりません」

「天音先生の仕事じゃなくて、君の仕事だよ」

ようやく充貴が口を開いたことにほっとしたように、男が言う。

「あそこで何をしてるんだい？　きみも何か、力を持ってるのかい？」

力、というのはなんだろう。

占いというのは別に、何か特殊能力ではないはずだ。

「僕は、雑用です。助手というほどのものじゃありません」

充貴がそう言うと、男は眉を寄せる。

「でもそれは、不自然じゃないか？　さっきも言ったけど、きみのように若い人が、ああいう場所でただの雑用って」

確かに、傍《はた》から見れば不自然なのだろう。

そして充貴自身、天音と遠い親戚関係でなければ、住み込みで雑用などという立場にはなっていなかったはずだ。

あくまでも、天音の厚意。

だが男はそれだけでは納得しない、「何か」があるはずだと思っているようだ。

その「何か」が、親戚関係のことを言うのなら、それは言えない、言わないほうがいいし、それ以外のことなら本当に何も知らないので答えようがない。

結果、充貴は黙り込むしかない。

「なんとか言ったらどうなんだ！」

突然男が声を荒らげ、ばん、と座卓を叩いた。

充貴はびくっと身をすくませた。

同時に、男の……苛立ちを取り越した怒りのようなものが、まるで水門が開いたようにどっと自分にぶつけられるのを感じる。

どうしよう。

怖い。

堀池の親族でも、ここまで露骨なものを充貴にぶつけたことはなかった。

目の前の男からは、これまで経験したことのない熱量の怒りを感じる。

痛い。

身体の表面が、びりびりと痛むような気がする。

充貴が固まってしまったのを、頑固に押し黙っていると感じたのだろうか。

「いつまでも下手に出ていると思うなよ！」

いきなり男は立ち上がり、座卓を回り込むと充貴の襟首を摑んだ。

正座していた充貴の身体が膝立ちになる高さまで持ち上げられ、息が詰まる。

そして……男の手と、充貴の首、皮膚と皮膚が直接触れた瞬間——

その相手の手から、どす黒いものが流れ込んできた。

それは、今まで感じたことのない恐怖だった。

この男は、何か目的のためなら……相手の命を奪うことも躊躇わないような、恐ろしいものを持っている。

怖い。

痛い。

動けない。

息ができない。

逃げ出したいのに……身体が動かせない――!

そのとき。

「何をしている!」

誰かの声とともに、自分の身体がぐいっと引っ張られるのを感じた。

首のあたりの圧迫感がふっと薄れる。

「充貴に何をしていた!」

それは……天音だった。

天音は男の手から充貴を奪い取るようにして、充貴の身体を抱き寄せた。

「……何も、ただ話をしていただけだ」

怯《ひる》んだような男に、天音が言葉をぶつける。

「話だと? 首を締め上げて? この子は何も知らないただの手伝いだ。何を聞き出したかったんだ? え?」

充貴は……自分を抱き締めている天音の身体から、怒りが発散しているのを感じた。

ただし、その怒りは自分にではなく……自分を怯《おび》えさせた男に向かっている。

そして、天音の腕は、しっかりと充貴を抱き寄せ、抱き締めている。

それを意識した瞬間、充貴の身体からすうっと恐怖と痛みが引いていった。

怖いことはまだ怖いが、男から直接与えられていた痛みが離れただけではなく、むき出しの神経がやわらかいもので覆われたような感じだ。

この感じはなんだろう。

誰かと触れ合って、こんな感覚を覚えたのははじめてだ。

だが、これだけはわかる……ここなら、安心なのだと。

天音の腕の中なら。

「いいか」

天音が低く言った。

「二度と、無関係な人間を巻き込んで怯えさせるような真似をするな。俺がここに来たのは、あくまでもお前のボスの顔を立ててやったのであって、相手にしているのはお前ではない。それを覚えておくんだな」

その声音に、何か底知れない冷え冷えとしたものがあって、言葉の内容というよりはその響きに、相手の男がぎくりとしたのがわかった。

男は天音から距離を取るように、座卓の向こうへと、数歩下がる。

「充貴、大丈夫か」

天音が充貴を見た。

その瞳の中にはまだ怒りが宿ってはいるが、それよりも、充貴を心配してくれている優しさのほうが大きい。

「はい、大丈夫です」

充貴が答えると、天音はほっとしたように頷いた。

「こっちの用事は終わった。巻き込んで悪かったな。帰ろう」

天音は充貴の肩をしっかりと抱いたまま、廊下に出る。

そこには、家まで迎えに来た黒スーツの男たちがいたが、

「帰りは送らなくて結構、タクシーで帰る」

天音はそっけなくそう言って、男たちの前をずかずかと通り過ぎた。


料亭の近くでは数台のタクシーが客待ちをしていて、天音は充貴を引っ張るようにして乗り込んだ。

座席になんとか落ち着いてから……充貴は、いつの間にか天音の手がしっかりと自分の手を握り締めていたことに気づいた。

肩を抱かれていたはずが、いつ手を握られていたのだろう。

気がつかなかった。

そして……その、気がつかなかったということが、充貴にとっては驚きだった。

誰かと直接触れ合うことを、あんなに恐れていたはずなのに。

そのせいで、小学校のころから体育の授業などでは本当に具合が悪くなってしまって、見学ばかりしていた。

あの地方都市で、「堀池の子」だったから、「弱い子」としてなんとか見過ごされていたのだ。

大好きだった祖父ですら、その優しさの中に充貴を哀れむような気持ちがあるのがなんだか悲しくて、あまり触れられるのが得意ではなく、それを祖父自身が感じ取って距離を取っているのがわかって、また悲しくなる……という負のループだった。

それほど他人との接触が怖いのに、今、天音に手を握られていても、怖くない。

天音自身はタクシーの運転手に家の住所を告げたきり目を瞑《つぶ》ってしまい、充貴の手を握っていることを意識すらしていないようだ。

だが充貴は、握られた手、触れ合った皮膚を通して、何か……温かいものが流れ込んでくるのを感じていた。

その温かいものが、じんわりと充貴の中に流れ込んで、あの眼鏡の男によって傷つけられた神経をやわらかく包み込み、宥《なだ》め、癒やしてくれるような、不思議な感覚。

これはなんだろう。

天音自身は、今充貴が隣に座っていることを意識していないようにすら見えるのに。

もう、痛くない。

それでも、あの男が向けてきた苛立ちや怒りを思い出すとちりちりと神経が逆立つけれど、もう怖いとか痛いとかは感じない。

そして次第に身体の芯がゆっくりと温まり、熱くさえなってくる。

安心していられるのに、同時にどきどきしてくるような、不思議な感覚。

自分がこんなふうに、触れ合える人が、この世に存在するなんて。

自分は親しい友人も、恋人も、一生持てないような気がしていたのに……この天音という人は、なんと不思議な人なのだろう。

充貴はそっと、隣で目を閉じている天音の横顔を見た。

普段と違うスーツ姿は、天音の整った顔立ちを、より男らしく、より品よく見せている。

だがその横顔に、濃い疲労が浮かんでいることに、充貴は気づいた。

そうだ……充貴が天音のところで働くようになって、最初のころによく見た雰囲気だ。

仕事のあと、そしてなぜか朝起きてきたときなど。

それでも、そう頻繁なものではなかったし、このところはあまりそんな疲れは見せていなかったのだが……

そのとき、タクシーが、きゅっとブレーキをかけた。

その瞬間、天音がはっと我に返り、自分が充貴の手を握ったままだったことに気づいたようで、ぱっとその手を離した。

その瞬間充貴は、寂しいような悲しいような気持ちに襲われた。

手を離してほしくなかった……ずっと握っていてほしかった、というような。

馬鹿な。

親に手を繋がれていた幼い子どもではあるまいし。

「失礼しました、自転車が急に飛び出してきて」

タクシーの運転手が謝り、天音が「いえ」と短く答え……

そのまま車内は再び静まり返った。


家に帰り着き玄関を入るなり、天音は充貴と向かい合った。

「本当に悪かった。説明する間もなくて」

タクシーの中で、運転手がいる状態では言えず、二人になる時間を待ち構えていたのだろうとわかる。

「いいえ」

充貴は首を振った。

自分も、言わなくてはいけないことがある。

「僕が悪かったんです。二階の窓から外を見ていたのをうっかりあの人たちに見つかってしまって……それがそもそもいけなかったんですよね」

充貴の言葉に、天音は首を振った。

「俺も、うかつだった。まさか、ちょっと姿を見ただけで、お前まで連れていくとは思わなかったんだが……何か、尋かれたか」

何か尋かれたか。

そして……何か、答えたか。

天音が知りたいのはそれとわかる。

「名前を尋かれたので……とっさに、堀池充貴って名乗りました。あとは、いろいろ尋かれましたけど、雑用なのでわかりません、としか」

天音はほっとした顔になった。

「上出来だ。北郷と名乗らなかったのは、本当によかった」

そうか、一番問題となるのは、そこだったのだ。

何か……充貴が、薄く遠いとはいえ天音の血縁であることを知られてはいけない理由があるのだろう。

「……充貴」

天音が、真顔で充貴を見た。

「お前に……いろいろ説明しないといけないんだけど、今は」

説明しないといけないんだけど……今はできない、と言いたいのだとわかる。

そして、天音の顔に浮かぶ濃い疲労は、休息が必要なのだと教えている。

天音自身にとっても、何か、大変な一日だったのだ。

「……お前のお茶が飲みたいな」

天音がそう言ってくれたことが嬉しく、

「すぐ淹れますね」

充貴は頷き、靴を脱いで廊下に上がった。


その夜、ベッドに入ってからも、充貴はその日あったことをいろいろ考えてなかなか寝つけなかった。

あの男に触れられて怖かったこと……そして、天音に触れられて怖くなかったこと。

そして、天音が説明できないと言っている、事情。

しかしひとつわかるのは……「怪しい占い師、ブルーメ天音」というのは彼の一面でしかない、ということだ。

スーツ姿という服装のことだけではなく……あんな車であんな男たちが迎えに来て、誰かと料亭で秘密めいた時間を持つ、という一面。

しかもそれは、天音にとってはあまり気の進まないことらしい。

その「相手」が誰かはわからないけれど、充貴を脅した眼鏡の男に対して「お前のボスの顔を立てた」と言っていた。

ボスとは誰のことなのだろう。

そしてあの男は、充貴から何を聞き出したかったのだろう。

考えれば考えるほど、疑問は増えていくばかりだ。

それともうひとつ……天音に触れて、触れられて、不思議な感じがしたこと。

怖くない、安心するのにどきどきする、離れてほしくない、あの感じ。

なんだか……遠い遠い記憶のどこかで、あの感覚を知っているような気もするが、それは漠然としていて、そんな気がする、なんとなく懐かしい感じがするだけのような気もする。

もしかするとあれが、天音という人の本質なのだろうか。

誰かの悩みや愚痴に寄り添い、気持ちをほぐす、占い師としての特性なのだろうか。

それとも……客に見せているのとはまた違う、自分だけが垣間見《かいまみ》たものなのだろうか。

あれこれ考えつつも、充貴自身いろいろあった日で疲れていたのだろう、いつの間にか眠りの中に入っていき――

夢を見た。
それは最初、いつもの夢のようだった。
真っ直ぐな道を歩いている夢。
ただし……今回歩いているのは、廊下だ。
長い長い廊下。
壁は白っぽく、曲がり角も扉もなく、ただただずっと前方に進んでいく。
だが……歩いていくうちに、妙な変化が起きた。
壁の色が、次第にくすんでいく。
灰色になり……それがどんどん濃くなっていく。
同時に、壁が左右からじりじりと寄ってきたように見え、廊下が狭くなってくる。
天井も低くなってくる。
おかしい。
充貴は頭の隅で、これは夢だ、いつもの夢だ、とどこかで意識しているのだが……
明らかに、いつもの夢とは違う。
行く手がどんどん狭く、真っ暗になっていくなんて。
とうとう充貴は、これまで夢の中でしたことがなかったことを、した。
振り向いたのだ。

今来た方向を。

すると背後もいつの間にか真っ暗になっていて、その暗闇がずいっと迫ってきていた。

前後左右から……そして上からも、黒い壁が迫ってくる。

思わずしゃがみ込んだ充貴に、容赦なく壁は襲いかかり、充貴がいる空間は小さな狭い箱のようになり、真っ暗な中、とうとう壁が充貴に触れた。

だが……天井だけは感触が違う。

真上から充貴を押し潰そうとしている天井と、充貴の体の間に、何かこう……温かくしっかりとした感触がある。

これは……人の身体だ。

充貴を上から包み込み、押し寄せてくる天井から守ろうとしてくれているかのような。

この人がいてくれれば大丈夫だろうか。

この人が壁や天井を食い止めてくれるのだろうか。

しかし天井や壁はぐいぐいと迫ってきて——

充貴の上にあった人間の身体が、ぱん、とはじけ飛んだような気がした。

その瞬間、これまで経験したことのないような恐怖が充貴を襲った。

天井が、壁が、床が、充貴をぎゅうぎゅうに押し潰していく。

怖い。

痛い。

息ができない。

出なくては、ここから出なくては、でも出られない。

助けて。

助け——

「充貴！」

強い声が充貴を呼んだ。

誰だろう、どこから聞こえるのだろう、確かに聞いたことがある声なのだが、と充貴が混乱していると、

「充貴、起きろ、目を開けろ！」

再び声がして、身体が強く揺すられた。

目を、開けろ。

そう言われて自分の目が閉じていることに気づき、力を振り絞って目を開けると——

目の前に、天音の顔があった。

「あ……」

一瞬の混乱の後、ここが、天音の家の、自分の寝室だとわかる。

そして、天音が自分にのしかかるようにして、両肩を揺すっていたことも。

夢を……悪夢を見て、たぶんうなされて……天音が気づき、起こしてくれたのだ。

「大丈夫か」

そう言う、天音の顔のほうが蒼《あお》ざめているように見えるのはどうしてだろう。

「はい……大丈夫です」

充貴は答えながら、身体を起こそうともがいた。

天音の手が助けてくれ、なんとかベッドの上に起きる。

「僕……どうして、あんな」

そう言いながら、自分の声が震えていることに気づいた。

声だけではない……手も。

いや、全身がぶるぶると震えている。

びっしょりと汗もかいている。

まるで高熱でも出したかのように。

そうだ、怖かったのだ。

あの、黒い小さな箱の中で押し潰されそうになり、感じた恐怖を思い出すと、心臓がばくばくと走り出す。

思い出しただけで、またあの恐怖が全身を包む。

と……

「大丈夫だ」

天音が穏やかな声で言って、そっと充貴の上体を抱き締めた。

力強い腕が充貴を抱き寄せる。

天音のパジャマ越しに、広い胸が、そして力強い鼓動が感じ取れる。

大丈夫、大丈夫、大丈夫……と、その鼓動が言っている。

充貴は思わず、その天音の胸に両手で縋《すが》りついた。

ここは安心できる場所。

ここは、充貴を受け入れてくれ、怖い思いを消してくれるところ。

そう感じているうちに、身体の震えは止まり、呼吸も汗もおさまってくる。

「……落ち着いたか」

天音が静かな声で尋ね、少し腕を緩めて充貴と視線を合わせる。

優しく、温かい瞳。

その中に、わずかに何か、切ないものがある。

その、切ない何かに、充貴の心臓がどくんと鳴った。

この目を見ていると、なぜか自分も、なんだか切なく……嬉しいのと悲しいのが一緒くたになった気持ちになってくる。

どうしてだろう。

しかしすぐに、天音は視線を逸らし、まだ緩く充貴を包んでいた腕を離した。

またしても充貴は、離れてほしくない、と思ったが……まさか口には出せない。

「大丈夫そうだな」

天音は頷き、充貴のベッドから立ち上がった。

「まだ夜中だ。もう一回、ちゃんと寝ろ」

そう言って、部屋を出ていく。

ぼんやりとその姿を見送って、扉が閉まってから、充貴は礼も言わなかった自分に気づいた。

仕方ない……それは明日の朝だ。

そう考えながら再び横になり、目を閉じる。

だが、もうあんな怖い夢は見たくない。

そうだ、天音の腕のことを考えよう。

天音の腕、胸、体温、鼓動のことだけを考えていよう。

そうしたら……いい夢を見られそうな気がする。

ゆっくりと、自分の感覚が鈍くなり、時間の流れがゆっくりになり、今度は心地よい眠りの中に落ち込んでいく。

ずっと、身体には天音の腕を感じている。

もっとじかに、触れられればいいのに。

そう思ったとき、天音の腕を覆っていたパジャマの袖が消えたような気がした。

長い腕が直接充貴の身体を包んでいる。

胸も……と考えたら、上半身からも布が消えた。

見えるわけではない、ただ、体温を感じる面積が増えたことがわかるだけだ。

でもまだもどかしい。

このぬくもりがもっと欲しい。

自分が着ているものが邪魔なのだと気づいたら、それもふっと消えた。

全身が天音の体温に包まれている。

肌と肌がぴったりと触れ合い、重なり、ゆっくりと溶け合っていくような気がする。

天音の体温が皮膚を通して、自分の中に入ってくる。

その体温が、少し上がったように感じる。

そして、天音の身体のどこか……掌のような感触が、自分の身体の表面をゆっくりと撫でているような気がする。

触れられた部分が熱い。

けれど……気持ち、いい。

これはなんだろう。

充貴自身の体温も上がる。

しっとりと全身が汗ばんでくる。

呼吸も上がってくる。

苦しいのではなくて、なにかこう、弾むような……浅くなった息が、何かを「もっと」と求めているような。

全身を巡る血が熱くなり、それが次第に渦を巻いて身体の中を勢いよく流れ、次第に腰の奥のほうに溜まっていき、出口を目指し——

「あ」

充貴は目を開けた。

カーテンの向こうは明るい……朝だ。

そして。

股間にべとついた感覚があるのに気づき、充貴はぎょっとして飛び起きた。

パジャマのズボンの前を探る。

「うわ……」

なんということだろう。

下着を汚してしまった……！

もちろん、これまでにも経験はある。一応、健康な男なのだから、当然のことだ。

ただ、充貴は他人と距離を詰めるのが怖いため、恋愛の経験もないし、そういう感情をぼんやりとでも抱いたことがない。

夢精はたいてい、もやもやとした抽象的な夢の結果として起きていた。

なのに……

天音の夢を見て。

天音と、裸身を重ねる夢を見て。

「うわぁ……」

充貴は頭を抱えた。

恥ずかしい。

そして、天音に申し訳ない。

どうしてこんな夢を見てしまったのだろう。

「と、とにかく起きなくちゃ」

自分に言い聞かせるように声に出してそう言い、ベッドから飛び出す。

幸い、使わせてもらっている寝室はもともと客用で、トイレと洗面所がついている。

下着を替えて汚れたものを洗いながら、充貴はなんとも言えない、きまりの悪い気持ちになっていた。

朝食の準備ができたころ、いつもの時間に、階段を降りてくる天音の足音が聞こえた。

「おはよう」

いつもと同じように、扉を開けてそう言いながら入ってくる。

「おはようござ、います……っ」

充貴もいつも通りに返事をしようと思ったのだが、天音の顔を見た途端に、声がひっくり返った。

顔が、首や耳まで赤くなったような気がする。

どうしよう。

天音の顔が見られない。

恥ずかしい……そして、後ろめたい。

昨夜、天音は厚意というか親切というか、とにかく悪夢を見た充貴を起こして抱き締めてくれた……その直後、あんな夢を見てしまうなんて、とにかく申し訳ない。

同時に、昨夜礼を言い損ねたことを思い出し、充貴は朝食をテーブルに並べるのに忙しいふうを装いながら、なんとか声を抑えて言った。

「昨夜……ありがとうございました。申し訳ありませんでした」

「いや」

天音は椅子に座りながらいつものそっけない声で言い、それから少し考えたような間があって、

「俺のせいだから」

そうつけ加える。

「そんなこと……」

充貴は驚いて、首を振った。

昨日怖い目に遭ったから、あんな、最初の悪夢を見た……のは確かなのだろう。

だがそれでも天音のせい、とは言えない。

「天音さんのせいじゃ、ないです。僕はとにかく、天音さんに助けてもらったんですから」

これだけはちゃんと、と思いきっぱりと言うと、天音は一瞬沈黙し、ふう、とため息をついて、言った。

「お前さ、やっぱり早めに身の振り方を決めて、ここを出ていったほうがいい」

「え」

充貴は驚いて天音を見た。

夢のせいでなんとなくどぎまぎしていた充貴の体温がさっと下がったような気がする。

天音は、抑えた……しかし真剣な表情だ。

「ど、どうしてですか」

まさか、あの変な夢を見たことを天音に悟られたのだろうか、と慌てて尋ねると、天音はわずかに眉を寄せる。

「やっぱり、お前がここにいるのは変だ。受付と雑用は、前のような年配の女の人を探すことにする。お前のような若い男があんな仕事をしているから、おかしなふうに勘ぐられる」

そっけなく、とりつく島もないという口調。

充貴は、返す言葉が見つからなかった。

充貴が天音の側《そば》にいると、また昨日の男のような相手に「勘ぐられ」て、いやな目に遭う可能性があって面倒だ、ということか。

面倒……そして、迷惑。

そもそもこのバイトも、仕事も住む場所もない充貴にとりあえずの居場所をくれるという、天音の厚意による、一時的なものだったはずだ。

それなのにその間、自分は真剣に職探しもしていなかった。

それどころか、天音に褒められて、ここで自分が必要とされているような気持ちになってしまっていた。

誰でもできるような仕事で……自分でなくてもいい。

いや、誰でも……ではないだろう。客に安心感を与える年配の女性にこそふさわしい仕事で、自分がここにいると余計なトラブルの種になる、と——

天音はそう言っているのだ。

充貴は、天音の全身から、自分に対する拒絶のような雰囲気を感じ取った。

それは「嫌悪」や「悪意」という、充貴を傷つける負の感情ではなく、ただ事実として、そろそろ出ていってもらいたいという天音の本心だ。

それでも、胸には鈍痛のようなものを感じる。

しかし、甘えてしまっていた自分が全面的に悪い。

「わ……わかりました」

充貴はようやく、声を出した。

「急いで、行く先を探します」

「うん」

天音は頷き、朝食を食べ始める。

向かいに座って充貴も、味のしない食事をなんとか口に押し込む。

無言のまま食べ終わると、天音は立ち上がって出て行こうとし、ふと足を止めた。

「言っとくけど、何も今日このまま出ていけって話じゃないから。仕事も住むところも、保証人が必要なら俺がなる。受付はいなければいないでなんとでもなるから、そっち探すのを優先して」

今日ではない、でもできる限り急いで仕事と住まいを探せ。

充貴は言葉の裏にあるものを感じ取り、頷いた。

「はい、ありがとうございます」

充貴がそう言って頭を下げている間に、天音は食堂を出ていってしまった。


仕事が先か、住まいが先か。

天音が一日も早く出ていってほしそうな様子だったところを見ると、住まいが先だろうが、同時に仕事も探すべきで……そのためには何よりもまず、自分の携帯だ、と充貴はようやく最初にしなくてはいけないことを思いついた。

天音の家にいると自分の電話など必要なかったのだが、「連絡先」としての電話をまず契約しなくては。

その日、朝食の片づけを終えて仕事部屋を掃除し、一応最初の客まではきちんと出迎えてから、充貴は外に出た。

とりあえず駅前に向かい、通りかかった不動産屋のガラス窓に張られている物件に目が留まった。

上京してすぐだったら、不動産屋を探すのにもまずどこへ行ったらいいのかわからなかっただろう。

しばらくの間でも天音の家にいさせてもらい、買い物に出たりしてこの街のあれこれを覚えただけでも、気持ちはずいぶんと楽だ。

その意味でも、天音には感謝しかない。

そう思いながらも、どうしても気持ちは、寂しく悲しいほうへと傾いていってしまう。

あの家を出たら、天音とはそれきりになるのだろうか。

保証人になってくれるとは言ったが、保証人に連絡が行くような事態で迷惑をかけることは、絶対に避けなくてはいけない。

もともと北郷の家は、親戚づき合いはほとんどないのだと言っていた。

時折天音を訪ねたりすることも、天音にとっては迷惑だろう。

だったらたとえば、お中元やお歳暮は贈ってもいいのだろうか。

それも迷惑だろうか。

充貴は、自分はなんとかして、細い細い糸でもいいから天音と繋がっていたいのだ、と思った。

だが天音はそんなことも望んでいないだろう。

そう思うことが……どうしてこんなに胸が痛むことなのだろう、とも思う。

いや、こんなことを考えていても仕方ない、とにかく住まいを探さなくては。

だがそもそも、物件探しというのは、どこから考えるべきなのだろう。

どこかアパートの一室ということになるのだろうが、築年数とか、駅からの距離とか、何を優先すべきか検討もつかない。

悩みながら充貴が目の前の物件を眺めていると。

「あら、もしかして……充貴くん、だっけ？」

背後から声がして、充貴は驚いて振り向いた。

そこにいたのは、天音の客だった。

確か……

「宇津木、さん」

キャリアウーマンふうの、ピンクの指輪をしていた人だ。

「あら、名前覚えてくれてたんだ」

宇津木は嬉しそうに笑った。

「今日はどうしたの？　天音センセ、お休みの日？」

「あ、いえ……そうじゃないんですけど」

充貴が口ごもると、宇津木は充貴と、不動産屋の物件広告を見比べた。

「もしかして、家探してるの？」

「あ……はい」

「一人用のアパート？　このへんで？　今はどこに住んでるの？」

宇津木が尋ねてくるのが、詮索ではなく親切心からだとわかる。

「今は……天音先生のところに、住み込みなんですけど……出なくちゃ、って」

「へえ」

宇津木は目を丸くした。

「住み込みだったんだ。まああの家、部屋はいくらでもありそうだものね」

それから、にこっと笑う。

「あたし実は、都市開発の仕事してて、このあたりの物件とかも結構詳しいのよ。手伝おうか」

「え」

充貴は戸惑って、宇津木を見た。

「でも、お仕事中じゃ……」

スーツ姿でビジネスバッグを提げた、ぱりっとした姿だ。

そして指には、そのぱりっとした雰囲気を少しやわらげる、ピンク色の石が塡まった指輪。

「朝イチの用事が早めに終わって、次は午後だから、時間空いちゃったのよ。とりあえず、どっかでお茶でもしない？」

そう言ってから、小声でつけ足す。

「この不動産屋、あんまり評判よくないから」

「あ……そうなんですか」

気がつくと、店の中からあるじらしき年配の男が、入ってくるのを期待するようにこちらを見ている。

「行こ」

宇津木が早足でその場を離れたので充貴も慌てて続く。

すぐに宇津木は、同じ商店街の並びにあるチェーンのカフェに入った。

「あそこの席取っといて。コーヒーでいい？」

てきぱきとした宇津木の言葉に、充貴は言われるままに窓際の明るい席に向かいながら、なんだか妙なことになったと思った。

誰かとカフェでお茶を飲む……なんていうことをするのは、はじめてだ。

すぐに宇津木が紙のカップをふたつ持ってやってきて、片方を充貴の前に置いた。

「あ、おいくらですか」

充貴が財布を出そうとすると、「いい、いい」と宇津木は首を振る。

「いっつもおいしいハーブティー淹れてもらってるお礼」

いつもといっても充貴が天音のところで働くようになってから、宇津木が来たのは三回ほどだ。それに……

「あのお茶は、僕がその……買ったものじゃないので」

宇津木は吹き出した。

「充貴くん、律儀だなあ。ええとね、ハーブティーそのものの費用じゃなくて、あの丁寧でおいしいお茶を淹れてくれることに対する、お礼」

いいのだろうか。

断ったら宇津木が気を悪くしそうな気もするし、何より、充貴の淹れるお茶を「おいしい」と言ってくれることが嬉しい。

天音も同じことを言ってくれたのを思い出す。

「いただきます」

充貴は素直に頭を下げ、カップを手にした。

宇津木もコーヒーをひとくち飲む。

「普段はね、結構カフェイン中毒。でも天音センセのところに行くと、あのお茶がまず気分をほぐしてくれるの。一度、なんのハーブか尋いたんだけど、センセ『秘密だ』って」

充貴は、あれが市販のブレンドであることを実は知っている。

だが、天音の名前や衣裳と同じで、そこを秘密めかすことで、何かの効果があることは確かなのだろうと思う。

そして宇津木の話を聞きながら、あまりよく知らない相手とこうして向かい合うという状態が、思ったほど居心地の悪いものでないことに気づいた。

相手との距離感を気にする自分としては不思議だが、なんとなく宇津木との間が、一対一ではなく間に天音という存在を挟んだものだからかもしれない、とも思う。

「それで？　探してるのはアパート？　天音センセのところに通うんだったら、徒歩圏内がいいのよね？」

宇津木が尋ねる。

アパートから天音のところに通勤すると思っているのだ。

そうではない、と言ったほうがいいのだろうか。

だが……充貴の事情は天音の事情でもある。今はぺらぺら人に喋らないほうがいいように思える。

「少し……電車にも乗ろうかな……って」

充貴は躊躇いながら言った。

この駅の近辺だと、天音に「近すぎる」と思われるかもしれない。

「ああ、通勤は気分転換になるものねえ」

宇津木は頷き、

「職住接近て、確かに意外とストレスになるの。気持ちを切り替える時間と空間が必要なのよ。ってこれ、前に天音センセに言われたんだけど」

　そう言って笑う。

「天音センセって、結構ぶっきらぼうできついこと言ったりもするけど、鋭いのよね」

　充貴は無言で頷いた。

　すると宇津木がカップを置いて、充貴を見る。

「でもね、充貴くんが来てから、天音センセ、少し変わったよね」

「え……そうです、か？」

　意外な言葉に、充貴は思わず尋ね返した。

　宇津木は頷く。

「なんかね、楽しそうになった。眉間の皺が浅くなったっていうか、声が明るいっていうか、ほんと微妙なんだけど」

　本当だろうか。

　意外だ……と充貴は感じた。

　もちろん宇津木の言う「楽しそうになった」というのが自分のせいだなどとは思えないが、それでも自分がいることで不機嫌になった、と言われるよりはずっと嬉しい。

　天音が、充貴がいてくれて「助かる」と言ってくれたのは、少なくとも嘘ではない。

そう思えれば、嬉しい。

「あと、なんていうのか……前は時々、天音センセがすごく疲れてるんじゃないかって思うことがあって。でも充貴くんが来てからそれが減ったのは、絶対充貴くんのおかげよ」

確かに、天音がひどく疲れた顔をしているのを、充貴も何度か見ている。

仕事のあとなら、意外と神経を使う仕事なのだろうと理解できるが、朝起きてきてぐったりしていることもあって、あれは不思議だった。

そういう日は、朝食に、消化のよさそうなものをつけ加えたりしていたのだが。

あの疲れはいったいなんなのだろう。

普段の天音は虚弱にはとても見えないのに、宇津木のような客でも感じ取れるほどの疲れが生じるというのは。

と、宇津木は不意に話題を変えた。

「ねえ、充貴くんも占い師になるの？」

「え、いえ」

充貴は驚いて首を横に振った。

「とんでもない、僕にはそんな……誰かにアドバイスするとか、そんなことは向いていません」

「そうかなあ」

宇津木が首を傾げた。

「天音センセとは違うタイプで、充貴くんみたいな癒やし系の人にも、意外と向いてるんじゃないかと思うんだけど」

充貴自身にはとてもそうは思えない。

そもそも誰かの、愚痴という負の感情を受け止めるのは、充貴にはたぶん、辛い。

それが直接自分に向けられたものではなくても、自分に向かって語られれば、その気持ちに同調しすぎて自分が辛くなってしまうと思う。

今、宇津木とこうして向かい合っていて意外に大丈夫なのは、彼女の感情が前向きで明るいからだ。

と、宇津木のバッグの中で小さく振動音がした。

「あ」

バッグを探り、宇津木はスマホの画面を見る。

「ごめん、ちょっと用事入っちゃった。こっちからお茶に誘っておいて悪いんだけど」

宇津木が申し訳なさそうに充貴を見た。

「いえ、どうぞ、お仕事優先ですから」

「ごめんね。ええと、充貴くん携帯持ってる？」

「あ……いえ」

そう、何をするにもまずそれが必要だとは思っていたのだ。

「じゃあ、ちょっと待って」

宇津木はバッグからペンと付箋を取り出し、ささっと何かを書きつけた。

「これ、このへんだとこの地名とこの地名のところがおすすめ。ここから二駅以内で、駅からまあまあの距離で、最近一人暮らし向けのアパートがかなり建ったから、いい空き物件が多いのよ。それと、隣駅のこの不動産屋であたしの名前を出してくれればちゃんと対応してくれるように話通しておくから」

そう言って、自分の名刺にその付箋を貼りつけて充貴の前にすっと置く。

「ありがとうございます……！」

充貴は頭を下げた。

「ふふ」

宇津木は立ち上がり、ちょっと笑った。

「だから、天音センセのことよろしくね。あたしが言うのも変だけど、あの空間には充貴くんの存在が必要で、だからこそ天音センセの雰囲気も変わったんだと思うのよ。あたしのような人間にとって天音センセは本当に本当に必要な人なので、あたしのためにも天音センセを支えてね」

早口にそれだけ言うと、飲みかけの自分の紙カップを持った手をちょっと上げて、宇津木はカフェを出ていった。

残った充貴は、宇津木の名刺を見つめた。

住まいを探している充貴に、宇津木がくれた親切の証《あかし》。

だがこれは、充貴が天音のところで働き続けることを前提としての親切だ。

もしも自分が、いつまでも天音の厚意に甘えていないでもっと早く部屋を探してあの家を出ていたら、通いで天音の家で仕事を続ける、というような状況もあり得たのだろうか。

宇津木が期待しているように。

いや、無理だろう。

天音は、あそこの受付や雑用を、一生の仕事にはできないだろうと言った。

充貴自身もそう思う。

そして宇津木が言うように、充貴自身、占い師になりたいわけでもない。

要するに、将来の展望も何もなく、あそこにいることが問題だった。

だが少なくとも宇津木の言葉によれば、充貴の存在が天音にとって機嫌が悪くなるほどの迷惑ではなかった、ということだ。

もしかすると――

充貴ははっと思い当たった。

もしかすると、天音が出ていけと言ったのは、天音にとって迷惑だとか迷惑でないとかの問題ではなく、充貴自身のことを考えてくれてのことではないだろうか。

きっとそうだ。

あのままあそこでだらだらしていても、充貴自身のためにならないから。

天音はそういう人だ。

相手のためを思っての言葉を、優しく語るのではなく、ぶっきらぼうな口調でずけずけと言っても、決して相手を傷つけることはしない。

あの人の中にあるのは、とてつもない寛容だ。

そうでなければ、たとえ仕事だとしても、誰かの愚痴を辛抱強く聞き、その人が今ほしがっている言葉を与えることなど、できない。

だからきっと、充貴に対しても……

充貴が甘えてしまっていたのは確かで、そういう充貴の状態をよくないと思い、あえて突き放したのだ。

充貴のためを思って。

だが……せめてそれが、あんな夢を見てしまった翌朝でなければよかったのに、と思った瞬間、夢の内容が頭というより身体にさあっと蘇《よみがえ》ったような気がして、充貴は顔が赤くなるのを感じた。

天音の顔を見るたびに、あの夢のことを思い出して動揺していては、どちらにしても天音の不審を招くだけだし……充貴自身、どういう顔をしていいかわからない。

いずれにせよ、潮時だったのだ。

アパートは、宇津木のおかげでなんとか探せそうだ。

あとは、仕事。

まずはスマホを手に入れれば、アプリで仕事を探すこともできるはずだ。

そう考えながら、充貴は何気なくカフェの中を見回した。

いろいろな人がいる。

買い物に来て、一休みしている雰囲気の女性もいれば、もうリタイアしてのんびり過ごしているように見える老人もいる。

スーツ姿の男が二人向かい合い、一人が書類を見せて相手に何か説明しているのは、商談のようなものだろうか。

カウンター席でパソコンを広げている人もいる。

みなそれぞれに、自分の人生を自分の足で歩いてきた人々なのだ、という感じがする。

そしてふと、カフェのカウンターの中に目をやった。

三十代と見える男性と、二十代くらいの男女が一人ずつ、計三人が働いている。

若いほうの二人は、学生のアルバイトか何かだろうか。

てきぱきと客の注文を聞き、背後にあるスチーム式らしい大きな機械で飲み物を淹れ、さらにはサンドイッチのような軽食も中で作っている。

あんなふうに……飲み物を誰かのために淹れる、ということが仕事にできるだろうか、と充貴はふと思った。

客や、天音のためにお茶を淹れるのは好きだ。

相手の気持ちや体調や、天気まで考えてちょっとした工夫をすることを天音に褒められたが、それは本当に好きで、やりたくてやっていることだ。

もしそういうことを、仕事にできるなら。

たとえば、まずはこういうカフェでアルバイトをしてみるというのはどうだろう。

しかし、しばらくカウンターの中を見ていると、ただ飲み物を淹れるのではなくて、結局は接客が仕事の中心なのだ、ということもわかる。

客と向かい合って、注文を聞き、代金のやりとりをする。

スマホやカードで決済する客が多いが、年配の客には現金の人もいて、お釣りを手に触れるようにして、丁寧に渡していたりする。

そのとき、一人の客が「これ注文と違うんだけど！」と強い口調で言ったのを聞いて、充貴はびくっとした。

年長の店員が丁寧に対応しているが、そのやりとりを聞くと、どうやら客のほうが注文を間違えたようだ。

それでも店員は謝って、ぷりぷり怒っている客に、新しいものを淹れている。

もちろん、こういうこともあるだろう。

そして充貴はきっと……ああいう客の苛立ちを「痛み」として受け止めてしまう。

もしもっと激昂《げっこう》されたら、パニックになってしまうかもしれない。

それは、「慣れ」でなんとかなるような種類のものではないことは、これまでの経験でよくわかっている。

今だって、怒られた店員の気持ちを少し想像しただけで、心臓がばくばくと鳴り、手が震えてくる。

……たぶん、難しい。

充貴はため息をついた。

それでも何か、仕事を探さなくては。

祖父が一族の会社に用意してくれていたような、内勤の事務仕事があれば一番助かるのだが、と思いながら充貴は立ち上がった。

カウンターの前を通ると、さきほど文句を言われていた若い店員が、しょげた顔をしているのがわかり……

「ごちそうさまでした」

充貴が「元気を出して」という意味を込めてそう言うと、店員の顔が明るくなって「ありがとうございました」と言ってくれる。

こういうやりとりばかりなら怖くないのだが、と思いながら充貴は店を出た。

そろそろ昼近い。

受付の仕事よりも家と職探しを優先しろとは言われたけれど、天音の昼食は作りたい。

それくらいのことをしても怒られはしないだろう、と思いながら充貴は帰途についた。


それから数日、充貴は落ち着かない気持ちで過ごした。

朝起きて、朝食と夕食の準備をしてから、外に出る。

宇津木と会った翌日にはスマホを契約し、仕事探しのアプリも入れた。

宇津木が紹介してくれた不動産屋にも行ってみた。

不動産屋は親切に相談に乗ってくれたが、どういうわけか、ここならと思った物件は、数分の差で他の誰かに決まっていたりする。

不動産屋には、少し落ち着いて探しましょう、と言われてしまった。

仕事のほうも、とりあえずなんとか、カフェの店員やスーパーのレジのようなものを見つけて応募してみるのだが、やはり寸前に誰かに決まっていたりする。

自分の要領が悪すぎるのだろうか。

天音の「世間知らず」「坊ちゃん育ち」という言葉が身に染みる。

天音の家に戻ると、夕食の支度をする。

天音はいつも通りに風呂に入ってから食事をするのだが、充貴にはほとんど義務的な言葉しかかけなくなっていた。

仕事と家探しについては「決まったら教えろ」と言うだけで、詮索はしてこない。

しかし……

充貴は、天音の顔色があまりよくないのに気づいた。

食欲も少し減っているようだ。

なんというか……そう、充貴がここに住み始めた最初のころによく見た、疲れた感じが、日に日に強まっているように見える。

だが「どうかしましたか」という一言が、言えない。

充貴がそういう質問をするのを拒んでいるような雰囲気が、天音にはある。

天音はもう……充貴をほとんどいないものと見なしているのだろう、と充貴は感じた。

ある日充貴が出ていったら、次の受付の人を探すのだろう。

その段取りのためにも、早く出ていく日を決めなくては。

だが……充貴にとっては、天音の拒絶が辛かった。

無関心は充貴にとって、「怖さ」も「痛み」もない。

天音の感情が自分に向けられてさえいないからだ。

相手の感情が痛くないことが、こんなに辛いとは思わなかった。

だが、仕方のないことなのだ、と充貴は自分に言い聞かせ……

そして数日後、ようやくバイトは一件「返事待ち」というところまでこぎ着けた。

不動産屋からも、今日の昼過ぎに来られるようなら一件案内できると、連絡が来る。

天音のところにはもう客が来ていたので、充貴は時間になるとそっと支度をして、家を出た。


宇津木が紹介してくれた不動産屋は、隣駅にある。

駅前の商店街の中ではなく、その商店街を抜けて少し住宅地に入ったあたりだ。

もう少しで不動産屋に着くというところで、充貴は、一台の大きなワンボックスの車が、狭い道を塞いでいるのに気づいた。

二人の男が、スマホを見ながらあたりをきょろきょろと見回している。

充貴が車の横をすり抜けようとすると、

「すみません」

一人の男が声をかけてくる。

「ちょっとお尋ねしたいんですが」

充貴は立ち止まった。

道を尋ねたいのだろうが、充貴もこのあたりの地理に詳しいわけではない。

答えられるだろうか、と思いながら男に向き直ると……

「ここに行きたいんだけど」

男がそう言って充貴に近寄り、スマホの画面を見せる。

その瞬間、充貴は、全身の毛がざわっと逆立つのを感じた。

何か、変だ。

この男は、単に道を尋ねるのとは違う、何か怖い意識を自分に向けている。

悪意とか敵意とかとは違う……もっと、冷静で、怖い感じ。

「あ、あの」

充貴が思わず後ずさると、いつの間にか背後に回り込んでいたもう一人の男が、充貴の両肩をがしっと摑んだ。

「な――」

叫ぼうとした瞬間手で口を塞がれ、そのまま車の中に押し込まれる。

思わずシートに両手をついた充貴の背後で扉が閉まり、そして充貴は、座席に誰かが座っているのに気づいた。

足を組んだ。スーツ姿の男。

ゆっくりと顔を上げると、そこには見覚えのある顔があった。

銀縁の眼鏡をかけた、三十代くらいの痩せた男。

先日、天音とともに連れていかれた料亭で、充貴からあれこれ聞き出そうとしていた男だ。

「やあ、堀池……ではない、北郷充貴くん」

男が皮肉な笑みを浮かべてそう言い、いつの間にか、どうやってか、自分の名前を調べたのだとわかる。

「何を……」

「とりあえず、来てほしくてね」

男がそう言ったときには、車は乱暴な速度で走り出していた。


連れていかれたのは、この間の料亭とは違う、一軒の家だった。

三階建ての、コンクリートの建物は、家屋なのかビルなのかよくわからない。

敷地内のガレージに入るところからすでにセキュリティが働いており、車が入っていくと門や、塀や、ガレージのシャッターが次々と背後で閉まっていって、何重もの檻《おり》の中に入れられてしまったようだ。

眼鏡の男はガレージに車が納まると「連れてこい」と男たちに指示ををして、先に降りた。

充貴は男たちから両脇を挟まれるようにして降ろされる。

車の中で、眼鏡の男は何やらずっと電話をしていて、その間充貴へ向ける意識が薄れたので、充貴はなんとか自分の中の恐怖を押しのけていた。

それでも、二人の男たちに腕を掴まれると、心臓がぎゅっと縮まりそうなくらいに怖いし、神経が逆立つ。

だが抵抗してもかなうわけがないので、充貴は、とにかく落ち着いて、いったい何が起きているのか見極めなくてはと思った。

自分がこうしてさらわれたのは、天音がらみであることは間違いない。

ガレージの奥にある扉で顔認証のロックを解除し、そこから直接建物の中に入れるようになっていた。

灰色の床に白っぽい壁、飾りも模様もない無機質な雰囲気の廊下が続いている。

扉は一枚もない。

眼鏡の男が先に立ち、充貴は男たちに両側を挟まれて歩きながら、なんだかおかしな既視感を覚えた。

この廊下を、知っているような気がする。

いや、この廊下そのものではなくて、似た雰囲気のどこか。

しかし、どこだったか思い出せない。

どこだっただろう。

考えているうちに、階段を上がると、またしても無機質な廊下が続いていたが、今度は両側に何枚かの扉があった。

眼鏡の男がそのうちのひとつの扉の前で止まり、開ける。

充貴はその中に押し込まれた。

中は意外にも、普通の部屋だった。

八畳くらいの広さの洋室で、床には絨毯が敷かれ、二人がけのソファと小さなテーブルが置かれている。

ただし——窓が、ない。

「どうぞ」

眼鏡の男が慇懃《いんぎん》無礼な調子で言い、充貴は男たちに、押しつけられるようにソファに座らされた。

とりあえず、男たちの腕が自分から離れたことで、わずかにほっとする。

しかし今度は正面に眼鏡の男が立って、自分を睨《にら》みつけている。

「この間は、よくもごまかしてくれたものだな」

男はゆっくりと言った。

「堀池、か。ちょっと調べたらすぐにわかったよ。きみの母親の旧姓で、きみは堀池家で育てられたが、名字は北郷。つまり、天音先生の親戚だ」

充貴は、唇を噛《か》んだ。

なんらかの手段で、こういうことを調べるのは可能なのだろう。

あのときとっさに北郷と名乗ることは避けたが、いっそまったくの偽名にしておくのだった、と悔やむ。

「さてそれで、きみの力はどれくらいのものなんだ？」

眼鏡の男は、じっと充貴の目を見つめている。

蛇のようだ、と充貴は思った。

そして自分は、蛇に睨まれた蛙《かえる》だ。

この男の持っている、酷薄な、人を人とも思っていない雰囲気は、背筋を凍らせるような気がする。

だが、男が言っている「力」とは、なんのことなのだろう。

天音が持っている何かの「力」を、充貴も持っているはずだと、そういうことだろうか。

もちろん充貴には、そんな「力」はない。

だがこの相手に、自分が何かを知っているとか知らないとか、悟らせてはいけない。

先日の天音の様子から、それはわかる。

充貴が唇を噛んでいると、男は少し身を乗り出した。

「黙っていても、ある程度の想像はつくんだよ。北郷の一族は、親族とのつき合いを避けている。そして今現在、現役の夢占い師は北郷天音一人だ。だがその北郷天音が親族を自宅に招き入れ、住まわせ、仕事を手伝わせているとなれば、きみも夢占い師の資質を持っているのだということくらいはわかる」

夢占い師。

ブルーメ天音の肩書きではあるが、それらしい占いはほとんどしていないはずなのに、あの肩書きには他にも何か、意味があったのだろうか。

先日の経験から、この男は充貴に喋らせようとして、自分の側の情報を洩《も》らしてしまううかつなところがあるのはわかっている。

だから、充貴はただ黙って聞いていたのだが……

男は、にやりと笑った。

「今日もだんまりか。まあいい。それでも、きみが北郷天音にとって意味のある、大事な存在であることはわかる。つまり、きみがここにいると知らせれば、奴《やつ》はすっ飛んでくるだろう。話はそれからでも構わない」

充貴はぎょっとした。

そういうことか。

この誘拐劇は、充貴から何かを聞き出そうというのではなく、天音をおびき寄せるための罠《わな》、ということだ。

どうしよう。

天音は来るだろうか、来てしまうだろうか。

自分がもっと注意深くあるべきだったのだ。道を尋ねられても、答えないでさっと逃げれば……いや、大きなワンボックスカーが道を塞いでいた時点で、遠回りをしてでも避けるべきだったのだ。

天音に迷惑をかけることになってしまって、申し訳なくいたたまれない。

迷惑ならまだしも……危険が及ぶようなことになってしまったら。

「まあ、ゆっくり待て……とは言っても、たぶんそんなには待たせないよ」

男はどこか楽しそうに言って向きを変え、部屋を出ていこうとし、何か思い出したように足を止めた。

「荷物は全部寄越《よこ》してもらおうか。一応携帯の電波は遮断してあるがね」

電波を遮断も何も、買ったばかりのスマホには、天音の連絡先すら入っていない。

そのスマホが入った小さな鞄《かばん》ごと充貴から取り上げ、男は部屋を出ていく。

他の男たちも続き、外から部屋の鍵がかけられる音が聞こえた。

閉じ込められた。

そして――おそらく、天音は来てしまう。

そう思った瞬間、充貴は、ひとつのことに思い当たり、ぎくりとした。

先日の……料亭に連れていかれた晩に見た、夢。

あとから見た恥ずかしい夢ではなくて、その前の。

いつもの夢のようでいて、違った。

歩いているのは、白っぽい壁の、長い長い廊下だった。

――この建物の廊下に似ている。

ガレージから入った、下の階の廊下だ。

無機質な白っぽい壁、一枚の扉もなく、真っ直ぐに続いている廊下。

あの廊下の、壁や床や天井が迫ってきて、充貴を押し潰したのだ。

そうだ、絶対にあれは、ここだ。

充貴はこれまで、真っ直ぐな道をどこまでも歩いていく夢を何度も見たが、こんなふうに現実とリンクしたことはなかった。

偶然だろうか。

そして……押し潰されていく途中で、天井側だけ、何か……人間の身体のような感触があって、それがぱん、とはじけ飛んだように、ふいに消えたのだ。

考えてみると、誰かが充貴の身体と天井の間に入って充貴を庇《かば》い……しかし抗しきれずに潰れてしまったようにも取れる。

そしてその「誰か」が消えたあとの、とてつもない恐怖。

あの空間がこの建物だとしたら、あの「誰か」は——

天音、なのだろうか？

自分が見たものが予知夢とか、そんなたぐいだと思いたくはない。

でももしそうなら……

天音はここに、自分を助けに来て、そして押し潰されてしまう——！

来ないで。

来ませんように。

天音が、あの眼鏡の男の脅しに乗って、ここまで来たりしませんように！

充貴は、気がつくと両手をぎゅっと握り合わせて、そう願っていた。

だが同時に、天音は来てしまうだろう、とも思っていた。


どれくらいの時間が経ったのだろうか。

鍵が開けられる音がして、充貴ははっとして扉を見つめた。

ゆっくりと扉が開き――

そして、天音がいた。

背後に黒スーツの男がいて「入れ」と天音の肩を押そうとしたが、天音は「触るな」と怒った声で言ってその手を振り払い、ずかずかと部屋の中に入ってくる。

光沢のある金茶色の、襟が大きくレースがついたゆったりめのシャツに、白い細身のズボン。

今日はこの上に金と紫の着物を羽織り、羽根のついた帽子を被っていたはずだが。帽子と着物だけを脱ぎ捨てて飛び出してきた、という格好だ。

化粧も急いで落としたのだろう、目のあたりにアイラインの痕跡が残っている。

「しばらくおとなしくしてろ」

黒スーツの男が言って、扉を閉め、鍵をかけると――

天音が充貴を見た。

そのまま大股で充貴に歩み寄ったかと思うと、両腕を広げて充貴を抱き締める。

「無事だったか……！」

その瞬間、充貴の中で、押しとどめていた感情が溢《あふ》れ出たような気がした。

「すみ……すみませ……本当に、ごめんなさ……」

来てはいけなかったのに。

ちゃんと謝らなくてはと思うのに、唇がわなわなと震えて言葉にならない。

「謝るな。巻き込んだのは……謝らなくてはいけないのは、俺だ」

天音は穏やかな声でそう言って、充貴の背中を撫でる。

優しい、そしてどこか懐かしいような気がする感触。

充貴の目から、涙が溢れてきた。

これはなんだろう……安堵《あんど》？

と、天音が腕を緩め、充貴の顔を間近で覗き込む。

その瞳が、苦笑のようなものを含んでいて……仕事と家を探して出ていくように、と充貴に告げて以来向けていたよそよそしさが完全に消え失《う》せているのがわかる。

「やっぱりお前は変わらないな。不安な気持ちでいるときは、その不安を抑え込んで……安心できたときにやっと泣くんだ」

そう言って、親指で充貴の頬に伝う涙を拭う。

どういう意味だろう？

変わらない……というのは。

充貴ははっとした。

「僕……僕は、天音さんと、前に……会った……？」

いったいいつ、どういう状況のもとでかわからないが、天音に会ったことがある。

そんな気がする。

天音がにやりと笑った。

「覚えていないか？　これも？」

そう言って、両手で充貴の頬を包むと、顔を近寄せ……唇で、唇に、軽く触れた。

驚いて、涙が止まる。

今のは……キス？

どうして、天音が自分に……キス⁉

だが……自分はこれを知っている。

この悪戯《いたずら》のような軽いキスの感触を、知っている。

どうしてだろう？

目を見開いて固まっていると、天音の笑みが深くなる。

「思い出したか？」

「庭……？」

充貴の脳裏に、ぼんやりと広い庭の光景が浮かんだ。

広い庭の……ばらの花が絡まったアーチの下で、黒い瞳が印象的な美しい十代の少年が、充貴を見てちょっと照れたように笑っている。

そしてそのときも……

「僕は、泣いてた……?」

何か怖い思いをして、その後、あの美しい少年が「大丈夫だ」と言ってくれ……それで
充貴はようやく泣いたのだ。

たぶん、少年は中学生くらいで……自分は幼い子どもで。

あれが、天音だ……!

確かに、彫りの深い整った顔立ちには共通点がある。

「キスは、事故」

天音が苦笑する。

「ほっぺたにするつもりだったのに、お前が顔を動かしたから唇になっちゃったんだよ」

そう言って、充貴の唇を指先でくすぐる。

その瞬間、充貴の脳裏に、さっと鮮やかな記憶が蘇った。

小高い丘の上にある洋館の、広い庭。

大人たちの不安そうな顔。

それが怖くて庭に逃れ、しゃがみ込んでいた充貴のところに来てくれた、少年。

「大丈夫だよ」

穏やかで優しい声。

そして、唇。

その唇が触れた瞬間に、この人とは……どこか深いところで繋がっている、とでもいうような不思議な感じがしたのだ。

両親とも、他の誰とも違う、強い繋がりを。

充貴の中に深く刻まれていたその記憶を、どうしてこんなにきれいさっぱり忘れていたのだろう……！

天音が充貴を見て目を細めている。

「思い出したか？　事故とはいえ、俺にとってもあれはファーストキスだったんで、いずれ責任は取ってもらわなくちゃいけないと思ってたんだけど」

充貴は耳まで赤くなった。

ファーストキス。

そういうことになるのか。

「責任って……どうやって……」

「冗談だ」

天音が声を上げて笑い出し、充貴もつられて笑顔になる。

「さて」

天音はどっかりとソファの脇にあった小さなティーテーブルに腰を下ろし、充貴の手を引っ張って前に立たせた。

こういう天音のどこか雑な動きも、自分の気持ちをほぐすのだ、と充貴は気づいた。

そしてテーブルに腰をかけた天音と、前に立った充貴の目が、同じ高さで合う。

「こうなったら、お前にいろいろ説明しなくちゃならないな。ただ、時間がどれだけあるか……牧村《まきむら》は何か電話に出ていたが、そっちの用事が終わればここに来るか、俺たちを呼び出すだろうから」

「牧村……？」

充貴が天音を見ると天音は肩をすくめた。

「あの、眼鏡の男。あれは危険な相手だ。手段を選ばないところがある」

そう、充貴もそれは感じていた。

人を人とも思わない、必要とあれば躊躇いなく相手の命を奪うことすらしそうな男だという気がしていた。

天音がそう言うなら、やはり本当に、自分たちは危険な状態にいるのだ。

「ああ、心配するな、相手のしようはある」

天音は充貴を安心させるように頷く。

「だがとにかく、これだけは知りたい。お前は、俺の言葉を信じられるか？　どんなことでも？」

真っ直ぐに充貴を見つめる目の中には、怖いくらいの真剣な光。

「はい」

充貴が頷くと、天音はさらに尋ねた。

「お前の両親の死が、俺のせいだとしても？」

充貴は息を飲んだ。

両親の死……祖父からは事故死としか聞いていない。

それに、両親が亡くなったのは充貴が子どものころ……それこそ、以前天音と会ったことがある、あのころのことだと思う。

だとしたら、天音自身、まだせいぜい中学生くらいだったはずだ。

天音のせい、と言っても言葉通りの意味とは思えない。

「どういう意味で、ですか」

充貴も真っ直ぐに天音を見つめ返して尋ねると……天音の瞳がわずかに切なげに細められる。

「……北郷の人間は、親戚づき合いをしない。大勢で集まるようなこともしない。それは先祖から受け継がれてきたタブーだったのに……次第にそのタブーの意味が失われていて、少しずつ集まるようになっていたんだ。それでも俺がもう少し早く自分の力を自覚していたら、俺自身はあの集まりには行かなかった」

あの集まりというのが、充貴と天音が会ったときのことなのだろう。

つまりあれが、北郷家の集まりで……両親も一緒だった、ということになる。

そして……

「天音さんの、力……?」

それはどういうものなのだろう。

「夢占い師の力。説明するとややこしいが、とにかく、北郷の血を引く人間の中に時折現れる特殊な力だ。俺はその中でも、数代に一人しか現れない特別な人間で……そういう人間が、淡い能力を持っている他の親族と集まると、力の均衡が破れて負の共鳴を起こす。お前の両親の事故は、その結果だった」

特殊な力。

負の共鳴。

そして、夢占い師。

では、天音は普段やっている仕事とは違う「夢占い師」の特殊な力を持っていて、それは北郷の家系に現れるもので、そして北郷の人間が集まると、負の共鳴が起きる。

話の流れは理解したが、映画のあらすじか何かを聞いているようで、どうにもこうにも実感は湧かない。

ただ……

「あ、もしかして」

充貴ははっと気づいた。

「大人たちが不安そうな顔をしていたのは」

あのとき、自分が「怖い」と感じた、大人たちの空気。

天音は頷いた。

「たぶん、負の共鳴が起き始めて、全員が何かを感じだした……お前自身も、大人たちの顔色というよりは、その気配を感じ取ったのかもしれない。それであのときは急いで解散したんだが、遅かった」

「両親の事故は……その結果だと……？」

再び天音が頷く。

「お前の両親だけじゃない。あのとき集まった親族の中で、三組が、一週間以内に事故や、急な病で亡くなった」

そういうことが、あるのだろうか。

だが少なくとも天音はそう思っている。そして、自分があの集まりに参加しなければ、防げたのだと。

それで、充貴の両親の事故に、責任を感じているのだ。

「わかりました。でもそれは」

充貴は、急いで頭の中で考えをまとめた。

「天音さんの責任じゃありません。天音さんだって子どもだったんだし、そんなことが起きるとは思っていなかったんでしょう？」

天音の目が、驚いたように見開かれる。

「お前は……そう言ってくれるのか……？」

「ええ」

充貴は頷いた。

わかる。

天音が言っているのは、真実だと。

そして、今この場で天音がそんな大事な話をしたのは……

両親の事故に責任がある天音の話を信じられるか、ということだ。

それなら充貴には、他の答えはない。

「僕は、天音さんの言葉は、全部信じます」

どうしてだか、無条件に天音を信じられると、確信できる。

「だから、話してください」

自分が知っておくべきことを。

「わかった」

天音が頷き、充貴の手を取って、自分の両手で包むと……

「ああ、やっぱり」

何かを確信したように呟く。

「そういうことなんだな」

そう言ってから、充貴の目をじっと見つめる。

「俺はお前に、今この場で知ったら危険なことは、何ひとつ言えない。だが、俺はお前を守れる。だから何があっても動揺するな。そして、俺の言う通りにしろ」

天音の言う通りにする。

それが今、充貴のするべきことなら、どんな難しいことでもできる。

「はい」

「じゃあ」

天音が何か言いかけた瞬間、鍵が開けられる音がした。

はっとしてそちらを見ると、ゆっくりと扉が開き、あの眼鏡の男……牧村が入ってきた。

「話が盛り上がっているところ、悪いな」

口元に、酷薄な笑みが浮かんでいる。

「どうやら充貴くんが、北郷の力について何も知らないというのは本当だったようだ。知らないことを聞き出そうとして悪かったね」

POSTCARD

STAMP HERE

101-8405

東京都千代田区
神田三崎町2-18-11

二見書房
シャレード文庫愛読者 係

通販ご希望の方は、書籍リストをお送りしますのでお手数をおかけしてしまい恐縮ではございますが、**03-3515-2311までお電話くださいませ。**

＜ご住所＞ □□□-□□□□

＜お名前＞ 様

＊誤送を防止するためアパート・マンション名は詳しくご記入ください。
＊これより下は発送の際には使用しません。

TEL	職業／学年
年齢　　　代	お買い上げ書店

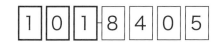

Charade愛読者アンケート

この本を何でお知りになりましたか？

1. 店頭　2. WEB（　　　　）　3. その他（　　　　）

この本をお買い上げになった理由を教えてください（複数回答可）。

1. 作家が好きだから（小説家・イラストレーター・漫画家）

2. カバーが気に入ったから　3. 内容紹介を見て

4. その他（　　　　）

読みたいジャンルやカップリングはありますか？

最近読んで面白かったBL作品と作家名、その理由を教えてください（他社作品可）。

お読みいただいたご感想、またはご意見、ご要望をお聞かせください。

作品タイトル：

ご協力ありがとうございました。

お送りいただいたご感想がメルマガに掲載となった場合、オリジナルグッズをプレゼントいたします。

つまり、二人の会話はすべて聞かれていたのだ、と充貴は気づいた。

そうやって入ってくるタイミングを見計らっていたのか。

同時に、もしかすると天音はそれを知っていて、今のような会話の流れを作ったのかもしれない、とも思う。

「まあ、それでもひとつ、わかったことがある」

牧村はそう言って、一緒に入ってきた黒スーツの男たちに顎を振った。

その瞬間、男たちがさっと充貴の背後に回り、脇の下を抱えて持ち上げるようにして、ソファに座らせた。

「おい」

天音が険しい声でテーブルから腰を浮かせたときには、充貴の隣に牧村が座り、充貴の両肩は背後から男の一人に押さえつけられていた。

両肩に乗せられた大きな手を、怖いと思わないように、必死に呼吸を抑える。

「きみは、天音先生にとってはとても大切な人間、ということなんだな」

牧村がそう言って、充貴と天音を交互に見た。

「というわけで、天音先生を説得してくれないか、私と契約するように、と」

「け、契約……?」

充貴にはわけがわからない。

　すると、天音が冷ややかな笑みを唇に浮かべた。

「この人は、俺をお抱え占い師にしたいんだよ」

「お抱え……占い師……？」

「牧村さんの父親は政治家でね。だが政治家としてはまだこれからという年齢で亡くなり、牧村さんは今、父親と親しかった別の政治家の秘書をやってる。しかし、そろそろ自分が表に出ることを考え始めていて、そのためにお抱え占い師が必要なんだってさ」

　政治家に、お抱え占い師？

　まさか、政治に占いが必要なのだろうか？

　充貴が混乱していると、

「世界の先進国でも、政財界のトップが占星術師なんかを抱えてるってのは結構有名な話でね。意外と連中、オカルト好きなんだな。占いなんて、そんなに信用していいのかね」

　まさに占い師として生計を立てている天音の口からそんな、ぼやきめいたものが出る。

　しかし……。

「そうやって煙《けむ》に巻こうとしても無駄だ」

　牧村が脅すように言った。

「お前の力が、そういうくだらない占いとは違うことぐらい、こっちは承知してるんだ」

「ほう」

天音が眉を寄せて牧村を睨みつける。

「どう承知していると？」

「私の口から言わせたいのか？　知っているさ、お前の一族の中にまれに生まれる能力者は、正夢を正確に解釈することができる。契約相手の夢を共有して、相手が見た夢が何を意味しているのか正確に言い当てることができるということくらいはな」

天音が唇を噛み、牧村がにやりと笑う。

「言っただろう？　知ってるんだよ、こっちは」

充貴はそのやりとりを、なんだか現実味のないものとして聞いていた。

正夢を正確に解釈することができる。

それが……天音の能力……？

だとしたらそれは、天音が仕事で時折やっている、相手の夢を紐解《ひもと》いて意味を説明し、気持ちの持ちようをアドバイスすることの延長のように思える。

だが、契約相手の夢を共有するというのはどういう意味だろう。

相手が見ている夢を、同時に自分も見ることができる、ということだろうか。

そんなことができるのだろうか？

それに、解釈が必要ということは、何か……曖昧だったり抽象的だったりするのかもしれないが、天音の「解釈」が本当に正しいかどうか、どうしてわかるのだろう。

だがとにかく、それを信じるからこそ、牧村は天音を欲しがっているのだろう。

「……お前の先生には、この間、断ったんだけどな」

天音がむっつりと言うと、牧村が鼻で笑う。

「あの人はだめだ。所詮小物だ。せっかく見た正夢の扱い方をわかっているかどうか」

「自分は違う、というわけか」

天音が皮肉に言い返し、二人は睨み合った。

その……二人の間に漂う緊張感に、充貴の身体に悪寒が走った。

怖い。

そして……気持ちが、悪い。

胸がむかむかしてくる。

「お前に選択肢はないんだよ」

牧村が低く言った。

「受けなければ、この充貴くんがどうなるか。人一人この世から消し去るくらいのことは簡単だ。ましてや、親戚づき合いも、友人関係も、仕事の関係もない人間ならな」

自分は、そういうふうに見られる存在なのか、と充貴は思った。

相手の感情が怖くて、誰とも深い関係を築かないようにしてきた。

その結果が……消し去られても誰も気づかない人間になってしまった、ということなのか。


だが、本当に誰とも繋がりのない人間ならば、きっと、消し去る価値すらない。

今の充貴は……天音に対する脅迫の道具となっているということは、少なくとも天音にとっては何かの価値がある人間だと……牧村は思っているのだ。

本当にそうなのだろうか。

もしそうなら……天音に申し訳ない。

自分がいなければ、こんなふうに牧村に脅迫されずに済んだのに。

そう思いながら天音を見ると、天音もじっと、充貴を見ていた。

その目の中に……何か、怖いものがある。

これまで天音から感じたことのない、充貴を押さえつけるような、強い感情。

そう思った瞬間、隣に座る牧村が発しているどす黒い感情が急に大きくなり、渦を巻いて自分のほうに襲いかかってくるのを感じ——

こらえきれない吐き気に襲われて、充貴は嘔吐《おうと》していた。

「うわっ」

牧村が充貴を突き飛ばした。

「こいつ、汚い、何をするんだ！」

充貴が吐いたものは実際にはごく少量だったのだが、牧村の仕立てのいいスーツにかかってしまったらしく、牧村は慌ててハンカチを取り出して袖のあたりを拭った。

「くそっ」

そのまま牧村はそのハンカチを床に叩きつける。

それから唇を嚙み、天音を睨みつけ——

「考える時間をくれてやる」

捨て台詞《ぜりふ》のようにそう言って部屋を出ていき、男たちも続いた。

鍵のかけられる音。

そして……

天音が、ソファの前の床に呆然《ぼうぜん》と座り込んだ充貴の肩を、ぽんと優しく叩いた。

「よくやった」

どういう意味だろう、と思っていると、天音が傍らに落ちていた牧村のハンカチを拾い上げてポケットに突っ込む。

「大丈夫か」

そう言う天音からは、さきほど感じた「怖い」雰囲気は完全に消え去っていた。

「充貴」

天音が小声で囁《ささや》く。

「俺は今から寝る」

「……は……？」

寝る⁉

今、この場で聞くにはあまりにも場違いな言葉。

しかし天音は真剣だ。

「いいか、深い眠りだから声や物音では起きないが、身体に触れられたら起きてしまって、すべて台無しになる。俺の身も危ない。魂が戻ってこられなくなる危険がある。だから、絶対に俺が起こされないよう……明日の朝までお前が守ってくれ」

守ってくれ、という言葉が充貴の胸にどすんと響いた。

天音が「寝る」というのは、何か危険なことをするためなのだ。

そして自分が……天音を守る。

天音が起きないようにする……それが天音を守ることになり、天音がそれを充貴に頼んでくれたのが、嬉しい。

「わかりました」

充貴は頷いた。

説明はあとからでも聞けるだろう。とにかく、天音の身体に誰も触れないようにすること、それが今は重要なのだ。

「牧村が何か言ったら、俺の眠りを妨げるとどうなるか知っているはずだ、とでも言っとけ」

そう言って、充貴の目を見ると、天音はゆっくりと頷き――

それから、ソファの上に仰向《あおむ》けに横になった。

目を閉じる。

本当に、寝てしまうのだ。

充貴は、天音に触れないように注意しながら、天音の様子を見守った。

天音の呼吸が次第に深くなっていくのがわかる。

これは普通の眠りではない、ということは充貴にもわかった。

眠りにつけば顔の筋肉は次第にほどけていくものだと思うが、天音の顔はむしろ、真剣な緊張を保ったままだ。

だが同時に、恐ろしいほどに無防備でもある。

知的で老成した雰囲気のある天音の整った顔が、年齢を超越した不思議な美しさを帯びているようでもある。

そしてその顔を、自分は確かに知っている、と充貴は思った。

子どものころに会ったときと、確かに同じ人の、同じ印象の顔。

それなのに、完全に忘れていたのが不思議だ。

そして一度思い出せば、その記憶は鮮やかなものだった。

充貴がばらのアーチの下で怯えていたとき、「どうした?」と、声をかけてくれたお兄さん。

そして充貴は……「みんな怖いの……パパたちも」そんなふうな答えを返したのだと思う。

そうしたらそのお兄さんは一瞬はっとしたように見え、それから躊躇うように充貴に手を伸ばしてきて——

そのころから充貴は確か、両親以外の誰かに触られることがあまり好きではなかったはずなのだが、そのお兄さんの手は、怖いとは思わなかった。

そしてその指先が充貴の頬に触れた瞬間、何かふわっと……優しい、温かい、そしてどこか懐かしいものを感じたのだ。

お兄さんもちょっと驚いたように眉を上げ……

それから、充貴をそっと抱き締めた。

「大丈夫だよ」

その声を聞いた瞬間、充貴は安心して、同時に涙が溢れてきて……

するとお兄さんは、ふっと目を細めて、そして充貴の頬に零れた涙に唇をつけようとして……

「あ」

そこまで思い出した瞬間、充貴の胸に何か、甘い痛みが走った。

そうだ、それがあの、キス。

天音は、充貴が顔を動かしたせいで起きた事故だと言った。

そして天音にとってもファーストキスだったと言った。

充貴は改めて、深く眠っている天音の顔を見つめた。

そうだ、あの瞬間充貴は、幼いながらに天音を何か……特別な人だと思ったのだ。

自分にとって、特別な存在だと。

誰とも深く関わることのできない自分が、これまでの人生の中で唯一、「この人は自分にとって特別」と感じた人。

それは今も同じだ。

触れられても怖くない人。

充貴に向けてくる感情が、充貴を傷つけない人。

そんな人がこの世にいたのだと思うだけで、嬉しい。

天音の「夢占い師」という肩書きや、今ここで起こっていることの意味は、充貴にはまだまったく理解できていない。

何もかもが非現実的にすら思える。

それでも、自分にとって特別な人を、自分が今こうして見守っているというのは、紛れもない現実だ。

そんなことを考えながら、どれくらい天音の顔を見つめていただろう。

ふいに、廊下を歩いてくる足音が聞こえた。

はっとして扉のほうを見ると、鍵が開く音に続いて、乱暴に扉が開けられる。

牧村と、男たちだ。

牧村は充貴が汚してしまったスーツを着替え、その顔には不機嫌さと物騒ないろが濃くなっている。

部屋を見回し、ソファに横になっている天音を見た牧村の顔に、さっと血が上った。

「寝てるのか、ふざけやがって！」

大股でソファに近寄ってくる。

充貴ははっとして立ち上がり、牧村の前で両手を広げて進路を塞いだ。

「どけ！」

牧村は手を伸ばして充貴の身体を乱暴に押しのけようとし——

「触るな！」

充貴の口から、自分でも驚くほど大きな声が出た。

牧村が思わず手を止め、訝《いぶか》しげに充貴を見るほどの声が。

「なんだと、小僧」

「触るな」

充貴はゆっくりともう一度言い、牧村と、天音が眠るソファの間にしっかりと立った。

ほとんど身体が触れそうな位置だが、怖いとは感じない。

いや、怖いことは怖いが、自分のそんな感情には構っていられない。

天音を守らなくては。

だから、天音に触れさせてはいけない。

「……天音さんの眠りを妨げるとどうなるか、あなただって知っているはずです」

少し見上げる位置の、牧村の顔を睨みつけながら、そう言う。

牧村がわずかに怯んだように見えた。

「眠り……こんなに唐突にか、だがどうして」

その言葉を聞いて充貴は、牧村は天音の眠りを妨げると「どうなるのか」を、知らないのだと気づいた。

牧村のぴりぴりした雰囲気から、それを感じる。

充貴は思い切って言った。

「それも、ご存知のはずなのでは？」

牧村は知らないが、そうとは言えないはずだ。

知っていると装っていたいのだ。

牧村は唇を噛み……苛立たしげに眉を寄せ、わずかに躊躇い……

それから「ち」と舌打ちすると、二歩ほどゆっくりと後ずさりして充貴から離れた。

充貴はそれでも牧村の動きから目を離さない。

と、牧村は何かを振り払うように頭を振った。

「くそ、私もなんだか……」

呟いてから、充貴を睨む。

「いつ起きる」

わからない。

しかし充貴の口からは、するりと言葉が出てきた。

「起きるべきときが来たら、起きます」

こう謎めかしておけば、牧村は反論できないということがわかってきた。

牧村は躊躇うように天音と充貴を交互に見る。

「……その場所でいいのか」

いいも悪いも、天音の身体を動かすわけにはいかない。

「ここでないと、だめです」

きっぱりと充貴が言うと、牧村はもう一度唇を噛み、それから悔しそうに言った。

「ではしばし、休憩だ。だが逃げられるとは思うなよ」

そう言って部屋を出ていく。

扉を閉めながら、

「私も疲れたようだ、少し休む。ここは、交代で見張っておけ」

男たちにそう言っているのが聞こえ……そして、扉が閉まった。


窓も時計もない部屋は、時間の経過がわからない。

それでもトイレに行きたくなったり、喉が渇いたり空腹を覚えたりすることで、何時間も経過しているのだろうということはわかる。

だが不思議と、充貴自身は眠くはならなかった。

幸い続き部屋には、やはり窓のないバスルームがついていた。

用を足したり水分を少し取ったりすることはできるので、それ以外はずっと天音が眠るソファの傍らに座り、天音の顔を見つめていた。

これから何が起きるのかはわからない。

だがとにかくここで、天音に言われた通りに、天音を見守る。

そう思いながら……どれくらい経っただろう。

やがて……充貴は、天音の頬が、わずかに赤みを帯びてきたことに気づいた。

瞼《まぶた》がひく、と小さく痙攣《けいれん》する。

じっと見つめていると、呼吸も少し浅くなってきて……

瞼が、開いた。

その瞳は虚空を見つめているように見えたが、数度瞬きすると、ゆっくり充貴の顔に焦点が合う。

起きた……目覚めたのだ。

それでもまだ天音の身体に触れたりしていいものなのかどうかわからず、充貴がじっと見つめていると、天音の唇が動いた。

「……みず、ある、か」

水。

「はい」

充貴はさっと立ち上がって、バスルームに行ったが……はたと気づいた。

ここにはコップも何もない。

充貴自身は、水道の水を手に掬《すく》って飲んでいたのだ。

ちょっと迷ってから、水道の水を細めに出して両手に掬い、レバーを肘で押して止め、天音の側に戻る。

「水です」

そう言いつつ、触れても大丈夫だろうか、と迷っていると、天音が少し首を持ち上げて手のほうに唇を近づけてきた。

慌てて指先を天音の唇に当てたが、角度がよくなく、少量の水は天音の胸元に零《こぼ》れてしまった。

どうしよう。

天音はかなり憔悴《しょうすい》しているように見える。

なんとか水を飲ませたい。

充貴はもう一度バスルームに走り、掌に水を汲《く》むと、それを自分の口に含んだ。

天音の側に駆け戻り、床に座ると、今度は顔を近寄せる。

頬を膨らませている充貴の意図に気づいたのだろう、天音の目がわずかに細くなった。

ちょっと焦りながらも、唇に、唇をつける。

水を含んでいる充貴の唇よりも、さらに天音の唇は冷たい。

少し開いたその唇の中に、充貴は水を流し込んだ。

顔を離して天音を見つめると、天音の喉がごくりと動く。

「もっといりますか?」

充貴が尋ねると天音が頷き、充貴はさらにバスルームとの間を往復した。

三回目にバスルームから出てくると、天音はソファの上に起き上がっていた。

顔に血の気と精気が戻ってきている。

充貴は、今自分の口の中にある水は必要だろうか、と躊躇っていると……

「もうひとくち、くれるんだろ?」

天音が笑いながらそう言って、充貴の手を取って引き寄せ、今度は天音のほうから唇を重ねてきた。

水が天音の口の中に移り、ごくりと飲み込んだ音がするのにまだ唇は離してくれず……

身じろぎした充貴の口蓋を天音の舌がぐるんと撫でて、そして離れる。

「なっ……」

充貴は思わず飛びのいて天音から離れ、唇を手の甲で押さえた。

今の……今のは、なんだろう。

身体の芯がぞくっと痺《しび》れるような感じがした。

天音がにっと笑う。

「おいしかった」

それが水のことなのか、充貴の口の中のことなのか、わざと曖昧にしている口調。

しかしすぐに天音は真顔になり、大きくため息をついて、またどさりとソファに身体を倒した。

「ああ、疲れた」

確かにそれは、天音の家で働くようになってから何度か見た、眠ったあとのはずなのに疲れ切っている天音の顔だった。

「大丈夫ですか」

充貴がまたソファの傍らに膝をついて尋ねると、天音は頷く。

「大丈夫。あと、たぶん、うまくいったと思う」

何が、とは言わないが……何か天音のもくろんだことがうまくいった、それだけでじゅうぶんだ。

「さて、今何時ごろなのかな。連中まさか、俺たちを飢え死にさせるつもりじゃないだろうな」

天音が呟いたとき、鍵が開く音がした。

扉が開き、黒スーツの男が、部屋には入らずにコンビニ袋のようなものを差し出す。

「食い物だ」

天音を見ると頷いたので、充貴は立ち上がり、男の手から袋を受け取った。

「今、何時ですか」

そう尋ねたが、答えもせずに男は扉を閉めてしまう。

袋の中を見ると、コンビニのおにぎりやサンドイッチ、ペットボトルの飲み物などが入っていた。

「何が入ってる」

天音がだるそうに身体を起こしてソファに座り、充貴に尋ねたので、充貴は袋の中のものをソファの脇の小さなテーブルに並べた。

「こんな感じです」

「まあ、我が家のシェフが作りました、みたいなものよりありがたいな。余計なもんが入っている心配をしなくていい」

天音はそう言って、かなり甘そうなミルクティーに手を伸ばし、蓋を開けると、いっきに飲み干した。

余計なものというのは、何か怪しい薬とか、そういうものだろうか。

充貴は、自分の思考もかなり現実離れしてきたというか、目の前の現実に合わせつつあるのだと感じる。

天音はエネルギーを必要としているようだし、充貴自身空腹を覚えていたので、二人で黙ったまま渡されたものを食べ終えると、天音がふうっとため息をついた。

「ああ、こういうときは、お前の飯が食いたい」

こういうとき、という言葉に、充貴は思い当たることがある。

「時々……今みたいに、朝、疲れてることがありますよね……?」

眠ったあとにぐったり疲れているとき。

食欲はなさそうだが栄養は必要、という感じがだんだんわかってきて、充貴は消化がよくて食べやすそうなものを用意することに慣れてきていた。

「ああ」

天音があっさり頷く。

「厄介な仕事のあとはいつもそうだ。しかも今回のこれは金にならないときてる」

忌々しげにそう言ったとき……

足音がした。

鍵が開く音に続いて、扉が開く。

牧村だ。

考える間に身体が動き、充貴はソファに座る天音を庇うように立ち上がり、はっとした。

牧村が、なんだかげっそりと憔悴した様子だ。

しかも、頬には何かで擦《こす》ったような傷があり、手首にも包帯を巻いている。

顔には、怒りのような、怯えのようなものが浮かんでいる。

と、天音が軽く充貴の片手を引っ張った。

すとんと天音の隣に腰を下ろした充貴の片手を、天音が軽く握る。

その手は、冷たい。

そのまま牧村を真っ直ぐに見つめ、皮肉をこめた口調で、天音が言った。

「夢見が悪かったようだな」

牧村が天音を睨みつけた。

「お前にどうしてそんなことがわかる」

「わかるさ」

天音はなんだか楽しそうだ。

「風呂で転びでもしたか?」

「お前ら!」

牧村が一緒にいた男たちをさっと振り向き、男たちが驚いたように首を振った。

「私どもは、何も」

「悟られるような、何か間抜けな言動をしたんじゃないのか⁉」

激昂する牧村に、

「その人たちからは何も聞いていないよ」

天音がことさらに相手を苛立たせそうな、のんびりした口調で言った。

「その人たちだってまさか、風呂でどっちの足を滑らせたかまでは知らないだろう」

牧村はぎょっとしたように天音を見た。

天音はじっと牧村を見つめながら続ける。

「まあ、風呂で転ぶ夢を見て、寝起きに風呂に入ったら本当に転んだ、それくらいの事故はあるさ。だが、他にもいろいろ見たんじゃないか？」

充貴は、自分の手を握っている天音の手が、だんだんと温かくなってきたのを感じた。

黙って天音を睨みつけている牧村に、天音が言葉を続けた。

「言っとくけど、地面に突然開いた穴に身体が落ちていくのと、規制テープは別口だからな」

「な……」

牧村がぎくりとしたのがわかった。

天音の声が、次第に低く、脅すようなものになっていく。

「赤い規制テープがあっただろう？　あれが何を意味していると思う？　テープがいったいどこから伸び始めてどこで終わるのか、知りたくないか？　どっちから解《ほど》くかによって、この先の運命が決まるとしたら？」

天音は何を言っているのだろう……牧村が見た夢の内容を言い当てているのだろうか。

まさか、と充貴が思いながら牧村を見ていると。

牧村の顔が蒼くなり、それから赤みを帯びて紫になり……

「う……嘘だ‼」

突然、叫んだ。

「そんなことまでわかるはずがない！　どういう仕掛けだ⁉　何かのはったりだろう！」

「はったりじゃないと思うから、俺を欲しかったんだろう?」

天音が皮肉に言い返す。

「それとも俺の力を本気に取っていなかったのか? それなのに俺と契約したいと? ふざけた話だ。それで、自分が夢占い師を扱える器だと思ってるんならお笑いぐさだな」

挑発的な天音の言葉が、牧村の中の何かに火をつけたのだろうか。

「このペテン師!」

激昂して、牧村が天音に摑みかかろうとしたとき、

「失礼します!」

開きっぱなしだった扉の向こうから男の声がして、牧村が振り向いた。

「うるさい、あとに——」

そう言いかけて、言葉が止まる。

そして、男を押しのけるようにして、二人の男がゆっくりと部屋に入ってきた。

六十前後と見られる、白髪混じりの背の高い男と、八十を過ぎているかもしれない、杖《つえ》をついた、眼光鋭い和服の老人。

充貴は、杖をついた老人の顔をどこかで見たことがある、と思い……

はっと、思い出した。

テレビなどのニュース。

何代か前の首相で、今も政界に隠然たる力を持ち、キングメーカーとも呼ばれている人ではないだろうか。

そしてもう一人の白髪混じりの男も、詳しくは知らないが、政治家だ。

「……先生がた」

牧村が真っ青になっている。

「どうして……」

「北郷天音には、私の見張りをつけているのに気づいていなかったのかな」

杖をついた老人が、穏やかだが迫力のある声で言った。

「それは……でも……彼自身への、外出時の監視かと……」

牧村が震え声で答える。

「と同時に、こういうことをいち早く知るための処置でもある」

老人が皮肉に返し、充貴ははっとした。

ショッピングモールの占いコーナーを見張っていた、不審な男たち。

あれが、見張り……だったのではないだろうか。

「とりあえず、座っていいかな」

老人が部屋を見回したが、座る場所といえば、天音と充貴が腰掛けているソファしかない。

と、天音が充貴の手を握ったまま、すっと立ち上がった。

「どうぞ」

「失礼するよ」

老人は頷き、ソファに腰を下ろすと、部屋の扉付近にいた黒スーツの男たちをじろりと見た。

「気が利かないな。椅子を三脚、急いで持ってこい」

男たちは顔を見合わせたが、

「早くしないか！」

老人が厳しい声で言うと、はっと身体をすくませ、慌てて廊下を走っていく。

すぐに、近くの部屋からだろうか、背もたれの低いアームチェアが三脚運ばれてきた。

男たちがぎこちなく、老人が座るソファを挟んで半端な円形に椅子を並べると、老人が、一緒に来た男と、天音と充貴に「座りなさい」と促した。

男が老人の右に、そして天音と充貴が老人の左の椅子に座り……そこで充貴は、椅子が一脚足りないことに気づいた。

慌てて立ち上がり、牧村に「あの」と譲ろうとしたのだが、

「いい、そのまま」

老人が充貴を制し、天音も頷いたので、充貴はまた腰を下ろす。

全員が座っているその正面に、牧村はまるで叱られる子どものように立っているかっこうになってしまった。

そして天音は……隣り合って座る充貴の手を握ったままだ。

この手はどういう意味だろう、どうして天音はずっと自分の手を握っているのだろう、もちろん怖くもないし、いやでもないのだが……と充貴が思ったとき。

「ところでこちらは？」

老人が、ようやく充貴の存在を意識したように尋ねた。

「私の予備バッテリーです」

天音がさらりと答える。

自分が、天音の予備バッテリー……？

充貴はわけがわからず天音の横顔を見上げたが、天音はしれっとしている。

すると老人が笑い出した。

「なるほど、お前さんの家にその子が住みだしたと聞いたときにはどういうわけかと思ったが、確かに予備バッテリーは重要だ。名前を聞いていいかな？」

老人が充貴に尋ね、充貴が天音を見ると、天音が頷いた。

名字を名乗ってもいい、ということなのだろう。

「……北郷、充貴といいます」

「そうか。わしは権堂清吾《ごんどうせいご》という者だ」

もちろん、権堂という名字なのは、充貴も知っている。

「そしてこれは、戸崎《とざき》。前内閣の外務副大臣だが、知っているかな？」

権堂老人は、どこか面白がるような口調で、充貴に尋ねる。

そうだ、戸崎、そんな名字の政治家だった、と充貴は慌てて頷いた。

「はい、存じ上げています」

「だそうだ、若者が名前を知ってくれているというのはいいことだ」

権堂にそう言われて、戸崎と呼ばれた男が苦笑する。

「で、彼はこの場の人間関係を理解しているのかね？」

権堂が天音に尋ねた。

充貴は、ついさっきまで牧村が仕切ろうとしていたこの場の空気を、権堂があっさり支配したのだとわかった。

権堂から感じるのは、大きな威圧感。

口調は穏やかだが、誰かが自分に逆らうのは許さない、という気配。

今までだったら、それだけで「怖い」と感じて萎縮してしまっただろうが、今は不思議とそういう恐怖は感じず、冷静にこの場を観察している自分がいる。

「充貴」

天音も、牧村に対するような攻撃的な気配はおさめ、充貴に言った。

「戸崎さんは、牧村さんのボス。つまり牧村さんは彼の秘書だ。そして権堂さんは、俺の現在の、数少ない契約者の一人」

戸崎は牧村のボス。

ということは、料亭に天音を呼び出したのは戸崎だ。

そして……天音は、権堂と「夢占い師」として契約している。

大物政治家のお抱え占い師、という立場で。

「わかった？」

天音が尋ねたので、充貴は頷いた。

「わかりました」

わからないこともあるが、今はじゅうぶんだ。

「それで」

権堂はじろりと牧村を睨みつけた。

「私のお抱え夢占い師に、お前はなんの用だったんだ？」

牧村は唇を噛んだ。

すると権堂の横から、戸崎が言った。

「私は、北郷天音と話をしたいから呼び出せとお前に命じた。彼との話は結局物別れに終わったが、そのあと彼を誘拐しろとまでは命じていない。これはお前の勝手な行動だな」

牧村は黙ったままだ。

すると……

「牧村！」

権堂が鋭い声を出し、牧村ばかりか、壁際に退いていた黒スーツの男たちまでがびくりとしたのがわかった。

そして充貴は……少し驚きはしたが、やはり恐怖は感じない。

いったい自分はどうしたのだろう。

以前だったら……いや、ついこの間まで、自分に向けられたのではなくても、誰かが叱られている声を聞くだけで、怖かったのに。

どうして怖くないのだろう。

もしかしたら……天音が手を握ってくれているからだろうか。

天音は充貴を「予備バッテリー」と言ったけれど、むしろ天音が、充貴の心を安定させてくれる何かのような気がする。

だが牧村のほうはそうではないらしく、握り締めた拳が震えているのがわかる。

「お前は」

権堂がゆっくりと言った。

「戸崎を飛び越して、自分が彼と直接契約をしようとしたんだな？」

「なんですって？」

戸崎が驚いたように身を乗り出す。

「どうしてそんな勝手な真似を」

「もともと――私に権利があるんだ！」

突然牧村が叫んだ。

「そもそも昔、私の父が、北郷天音の前の夢占い師と契約していたんだ！　父が生きていれば……あんたのような日和見《ひよりみ》の能なしの秘書などせずに、私が父の地盤を直接継いでいたはずなんだから、私には当然の権利があるんだ！」

「お前」

戸崎が顔色を変えて立ち上がった。

「よくもそんな恩知らずなことを！　お前のお父さんが亡くなったとき、お父さんに恩のある私がお前を引き受けたからこそ、今のお前があるんだろう！」

「何が恩だ――」

二人が睨み合ったところへ、

「黙りなさい！」

権堂がぴしゃりと言った。

牧村と戸崎がびくりとして黙り、権堂がため息をついて腕を組む。

「日和見の能なし、とな。戸崎は、前に前に出たがったお前の父と違って和を重んじる政治家だが、お前にはそう見えたか。まあ、私に断りもなく北郷天音と契約しようともくろんだあたりは、戸崎も意外に野心家だったということでもあろうが」

戸崎が、ばつが悪そうに唇を噛んだ。

「天音くん」

権堂が天音のほうを向く。

「彼らに言ってやったのか？　きみの考えを？」

天音が頷いた。

「ええ。北郷の人間はそれこそ平安の昔から権力者に利用されてきましたが、それは私で終わらせるつもりだ、新たな契約は誰ともしない、と申し上げたんですがね」

平安の昔から、という言葉に充貴は目を丸くした。

北郷の家に伝わる力とやらは、そんな昔からの話なのか。

「戸崎先生にはなんとかご納得いただけましたが、牧村さんはそうでなかったらしい」

「ではこの場で納得しろ」

権堂が言うと、牧村はきっと権堂を睨んだ。

「そうやって……あなただけがおいしいところを持って行くのか！　キングメーカーなど

と呼ばれているのも、夢占い師の力があってこそだろうに。そのネタをマスコミに売ってやってもいいんだぞ、権堂清吾はおかしなオカルトにかぶれていると」

「やってみるか」

権堂は余裕の表情で、また天音を見る。

「牧村の怪我《けが》はお前さんだな？　何を手に入れた？」

「これを、ね」

天音はポケットから、ハンカチを引っ張り出してみせる。

それは……充貴が牧村のスーツを汚し、牧村がそのスーツを拭って床に放り投げた、牧村のハンカチだった。

あのとき天音は充貴に「よくやった」と言ったのだ。

これを手に入れたかった、ということなのか。

これが……牧村の見た夢や、牧村の怪我に関係している、と。

天音が低い声で、脅すように言った。

「これは小手調べ、別の夢を見せることもできますよ。なんならこのあと、交通事故に遭ってもらうとか、ああ、国元に戻らなくちゃいけないかもしれないが、飛行機が無事だといいな」

牧村が蒼白《そうはく》になった。

「そんな……あれは、お前が意図的に見せた夢だと……？　他人が見た夢を正確に解釈するのが、お前の力のはずじゃ……」

掠《かす》れ声で言うのを、天音はどこか面白がるような目で見ている。

「お前は、中途半端にしか知らなかったらしいな」

権堂が牧村に言った。

「夢占い師の本当の力は、相手が見た夢を解釈することじゃない。相手に夢を見させ、それを共有し、夢の中で起きたことを本当にしてしまう、ということだ」

「な——」

牧村が絶句し、充貴も驚いてその言葉を聞いていた。

相手が見た夢を共有して解釈するのではなく……相手に意図的になんらかの夢を見させ、なおかつそれを、本当の出来事にしてしまう。

それが夢占い師の力。

本当にそんなことができるのだろうか。

だがもしできるとしたら、それは恐ろしい力であり……そういう力を持った天音と「契約」したいという人間がいても不思議はないが、悪用されると大変なことになる。

天音が今言ったように、牧村に飛行機が落ちる夢を見させ、そして本当に飛行機が落ちたりしたら。

「飛行機には……他の人も乗っています」

思わず充貴が言うと、天音が微笑《ほほえ》んだ。

「うん、だからそれはやめておく」

そう言いながら、充貴の手を握る自分の手にきゅっと力をこめる。

大丈夫、心配しなくていい、という意味だと充貴は感じた。

「彼は優しいのだな」

権堂が充貴を見てかすかに目を細め、それから牧村を見た。

「お前の父はお前に、夢占い師についての詳細は教えていなかったのだろう。息子とはいえ、それを教えることは契約違反だからな。だからお前は、夢占い師の本当の恐ろしさを知らない……いや、その一端は、身をもって知っただろうが」

一瞬間を置いてから……権堂はゆっくりと言った。

「夢占い師は契約相手には、絶対に危害を加えない。それが契約というものだ。だがお前のように、契約もなしにこの男に下手に手を出すと、自分の身が滅ぶぞ」

しん、と部屋が静まり返った。

まるで部屋の温度が数度下がったような、冷え冷えとした空気の中、充貴の手を握る天音の手だけが温かい。

「……く、そっ」

牧村が小さく、吐き出すように言って、その場にがっくりと膝をついた。

「わかったようだな」

権堂が頷き、立ち上がる。

「さて、戸崎先生」

ことさらに「先生」を強調するようにそう言って、戸崎を見た。

「お前さんも、夢占い師というものについて全貌は知らずに手に入れようとしたのだろうが、まあこんなところだ。そして北郷天音は、今残っているある契約を全部終了させたら、その先はもう誰とも契約しない決意だそうだ。私もそれは承知している。私との契約も先代から引き継いでしぶしぶ続けていることだからな。だから、お前さんも諦めろ」

そう言ってから、ふう、とため息をつく。

「それに、こういうことを極秘で続けられる時代でもなくなった」

戸崎はわずかに躊躇ったが、頷いた。

「そのようですね」

権堂が続ける。

「お前さんと、お前さんの秘書の間のことには、私は介入しない。私としては、この秘書にはいずれ寝首を掻かれないよう気をつけろ、とは言いたいがな」

「はい」

戸崎はそう言って立ち上がると、

「内輪のことでご面倒をおかけいたしました」

深々と権堂に向かって頭を下げる。

「よろしい」

権堂は頷き、天音と充貴を見た。

「これで、お前さんがたは自由の身だ。家まで送ろう」

そう言ってソファから立ち上がると、うなだれて唇を噛んでいる牧村の横を通って部屋を出て行き、天音と充貴は手を繋いだまま、権堂のあとに続いた。


家に戻り、玄関の扉を閉めると、天音は大きくため息をつき、充貴を両手で思い切り抱き締めた。

「はああ、疲れた……」

体重をかけてくる天音を、充貴はよろめきながらも支える。

その重さが、なんだか嬉しい。

「大丈夫ですか」

「うん」

天音は身体を起こし、充貴を見つめた。

「お前のおかげで大丈夫」

「僕は、何もしていません」

むしろ、牧村にさらわれて、天音に迷惑をかけてしまった。

「いや、お前のおかげなんだ。全部話すよ。だけど」

ふ、と天音が微笑む。

「その前に、お茶淹れてもらってもいい?」

「もちろんです!」

充貴自身、自分で淹れたお茶が飲みたくてたまらない。

「軽い食事も用意しますから、天音さんはシャワーに行ってください」

牧村に捕まっていたのはどうやら一日以上で、今はもう翌日の夜になっている。

その間、コンビニのおにぎりやサンドイッチが与えられたきりで、何か「栄養が足りない」という気がしているのだ。

「うん、じゃあ、遠慮なく」

天音はいつもの、ずかずかとした足取りで家の奥に入っていく。

充貴は、カフェインの入らない野草茶を急須に入れてぬるま湯を注《そそ》ぎ、時間をかけて淹れる準備をした。

それから、卵と冷凍してあったご飯で雑炊を作る。

千切りにしたネギをごま油で炒《いた》めたものを醤油《しょうゆ》で味つけして、雑炊に載せる。

他にも何か……と冷蔵庫の中身を頭の中で組み合わせているところへ、天音がシャワーから戻ってきた。

「ああ、すげえうまそう」

シャワーを浴びてすっきりした顔の天音は、コンロの上の土鍋を見て嬉しそうに顔を輝かせた。

濡れた髪、襟なしのシャツ、そして首にかけたタオル。

この……変な衣装でもなく、びしっと決めたスーツでもない、風呂上がりの部屋着姿の天音の姿が一番好きかもしれない。

そんなことを考えている自分に驚き、充貴が思わず天音から目を逸らすと、天音がシンクの前に立ち、言った。

「お前もシャワー行っておいで。その間に俺がもうちょっと何か足しておくから」

「天音さんが作るんですか⁉」

驚いて充貴が尋ねると、天音が苦笑した。

「なんだよ、お前が来る前は自分である程度作ってたんだよ。お前の飯が美味いのが悪いんだからな」

前にいた年配の女性はあくまでも受付や雑用だったのだから、そうなのだろう。

そして充貴は確かに、自分もさっとシャワーを浴びてさっぱりしたいと思う。

「じゃあ、急いで行ってきます」

「おう、転ぶなよ」

その言葉に思わず天音を見ると、天音は慌てたように首を振った。

「いや、転ばない、お前は転ばないから」

もちろんだ、そんな夢を見たわけでもないのだから。

「はい」

充貴は頷き、キッチンを出てバスルームに急いだ。

さっと頭と身体を洗っただけで、気分がすっきりする。

考えてみると、充貴は眠っている天音を見守っていて一晩徹夜したことになるのに、あまり眠気がないのが不思議だ。

新しい下着とTシャツに着替え、髪を乾かすと、やっと家に帰ってきた気持ちになる。

そう考えて、充貴ははっとした。

自分は……ここにいてはいけないのではなかったのだろうか。

この家から出ていくつもりで、不動産屋に行こうとして、こんなことになったはずだ。

不動産屋との約束をすっぽかしてしまったことになるので、明日の朝、詫《わ》びの電話をしなくては。

そう考えるとふわふわと少し宙に浮いているようだった足が、地面についたような気がする。

だが今はとにかく……天音の話を聞くことだ。

両頬を手で軽く叩いて気持ちをしゃんとさせ、充貴は食堂に戻った。

「お帰り」

そう天音が言うのは、シャワーを浴びて戻ってきたことを言うのだろうが、ここを出て行くことを考えていた充貴にとっては、なんとなく落ち着かない言葉だ。

天音は、鮭《さけ》を焼き、小松菜と油揚げの煮浸しを作ってくれていた。

「適当だ」

「いいえ、なんだか今すごく食べたい組み合わせです」

雑炊をよそい、食卓に向かい合って座ると、

「とにかくまずは、いただきます」

天音がそう言って食べ始め、充貴も箸を取る。

「これ、美味い。このネギ」

天音が雑炊のトッピングのネギを褒めてくれたので、充貴は説明した。

「祖父の家の家政婦さんに教わったんです。僕も好きで、具合が悪くて寝込むと必ず作っ

てもらってました」

「そうか」

頷き、天音はまた無言で食べ続ける。

天音が焼いた鮭は少し焦げていたし、煮浸しは味が濃かったが、それでも充貴には、天音が作ってくれたというだけでじゅうぶんにおいしいという気がする。

無言で食べ終わると、充貴は用意してあった野草茶を注ぎ、天音の前に置いた。

天音はそれを飲むと、ふう、と満足そうにため息をついた。

「ああ、やっと生き返った。ああいう、契約していない相手に強引に夢を見させるのは、本当に消耗するんだ」

そう言ってから、真顔になった。

「さて、いろいろ話していいか」

充貴は少し緊張し、背筋を伸ばして天音を見つめた。

「はい」

「ええとまず、北郷の話」

天音は切り出した。

「お前は、他人の感情を感じすぎて困ること、あるだろ？」

充貴は頷いた。

「どんな感じ？」

天音が尋ねる。

「誰かの強い気持ちが自分に向けられると……すごく怖いです。あと、誰かと肌が触れると、直接相手の感情が流れ込んでくるような気もして、それも怖いです。怖くて、痛いと感じるんです」

そういえば、自分の感じている「怖さ」を、こんなふうに言葉にして誰かに説明するのははじめてかもしれない。

理解してもらえない、おかしなことを言っていると思われる、と思っていたからだが、相手が天音ならそんなことは絶対にないとわかる。

天音は真面目な顔で頷いた。

「お前はそれを全部『怖い』『痛い』と感じるんだな。それがお前の感じ方だ。北郷には、昔から時々そういう人間が出る。たいていは男だが、全員じゃない。そういう人間は他人の気持ちがわかりすぎるんだ。感じ方は、悲しいとか身体が動かなくなるとかいろいろだが」

他人の気持ちがわかりすぎる。

それは、北郷という家系に伝わる特徴だというのか。

「で、俺だけど」

「俺の力はその中でも特殊。北郷にはそういう人間が、数代に一人生まれるんだ……ある条件下にある相手と、夢を共有して、それを具現化できる人間が」

天音は続けた。

さきほど、権堂や牧村との会話で、それは充貴もなんとか理解した。

ただ……具現化、というのがやはり不思議だ。

夢占い師が具現化するから、結果的にその夢が正夢になる、ということなのだろうか。

どんなに突拍子のないことでも。

「たとえば……たとえば僕に、一晩で背が五センチ伸びる夢を見させたら、本当に一晩で五センチ伸びたりするんですか……?」

とっさに思いついたたとえを言うと、天音が吹き出した。

「つまり充貴は、もう五センチ欲しいんだ」

確かに、それほど切実ではないが、あったらいいだろうなと思ってはいる。

「俺としては充貴は今くらいがいいんだけど」

天音が笑いながら言って、それから真顔になった。

「でもそれはいいたとえだ。お前が背が伸びる夢を見たとして、それは俺が思いついてお前に見させるわけじゃなくて、お前の無意識下にある願望を引っ張り出して、つつき回したり押したり引いたりして夢のかたちにして、それからそれが実現するように仕向ける、って感じかな」

「それで僕の……背が伸びるんですか?」

そんなことがあるのだろうか、と思いながら尋ねると、天音は首を振った。

「一晩で五センチは現実的に不可能だから、俺はそれをもっと曖昧なものにする。今よりも少し高いところから、世界が見える、というような雰囲気に。そして目が覚めたらそれを、今いる場所から一段上って視界が開けるという意味だ、と解釈してやる。そんなときに誰かの言葉とか、読んだ文章とかによって考え方に何か刺激を受けてものの見方がちょっと変わると、お前は『このことだったのか』と思うわけだ」

「あ……」

充貴は、なんとなくわかったような気がした。

「暗示、みたいなものですか?」

「そういうこと」

天音が頷いた。

「今回の牧村のことで言えば、あいつの中にある、不安とか、悩みとか、そういうものを夢としてはっきりしたかたちにしてやる。風呂で怪我をした件は、もともとあそこの風呂は、床が辷りやすくて牧村は一、二回ちょっと足を辷らせたことがあるんだ。だからその『辷ったらいやだな』という気持ちを夢の中で共有して、増幅してやる。辷ったら困る、大変なことになる、大怪我をするかもしれない、と。そういう『恐怖の先入観』を与えることで、本当にあいつは風呂で足を辷らせて怪我をしたってわけだ」
確かに人間には、たとえば「絶対に失敗してはいけない」と思い込みすぎると失敗して
しまう、というようなことはある。
天音のやっているのが、そういう暗示を与えることだとしても、やはり夢を共有できる
というのは不思議だ。
「それは……誰に対してでもできることなんですか？」
充貴が尋ねると、天音は首を振った。
「そうはいかない。そのへんを歩いている人とか、テレビの中の誰かとか、そういう相手
と片っ端から夢を共有するようなことができたら、俺は世界を支配できるよ」
そう言ってから、小さく笑う。
「まあ、世界を支配する前に過労死しそうだけど」
牧村と夢を共有して目覚めたあとの疲労ぶりを見ると、確かにそうだ。
「実際には……契約相手から何か、普段身につけているものを譲り受けて、あらかじめ打
ち合わせた日時にそれを身につけて寝れば、夢を共有できる。そうでない相手なら、何か
相手の持ち物を、相手に知られないように手に入れて、やっぱり身につけて眠る」
「ああ、だから」

牧村のハンカチは、そういうことだったのだ。

だが……

「僕があの人のスーツを汚さなければ、ハンカチは手に入らなかったでしょう？　あれも、天音さんが意図して⁉」

天音がちょっと頭を掻く。

「具体的に、お前に吐け、とか思ったわけじゃなくて。牧村の、お前に対するいやな気持ちをお前により強く感じさせることで、何かがうまい方向に転ぶような気がしたんだ。お前には悪いことをした」

そうか、あのとき牧村からだけではなく、天音からも怖い雰囲気が発散されているように感じたのだが、天音が牧村の感情を写し取るようにして、それを充貴に感じさせていた、ということなのか。

充貴自身の、他人の感情に過敏な特徴を思えばそれは納得できる。

そして天音の説明で、天音の持っている力についてもおおよそわかった気がするが、充貴が気になったのは、それを語る天音の、軽い口調の裏にある、抑えた苦い響きだった。

してやった、というような得意げなものはみじんもなく、ただただ苦い。

「そういうことはすべて……天音さんにとっても、負担なんですね」

身体だけではなく、心の負担でもあるのだ、という気がする。

天音はふうっと息を吐いた。

「うん、俺だって契約に縛られているとか、自分の身に危険があるとかでなければ、こんな力は使いたくない。好きでこんな力を持ってるわけじゃないし」

「契約、というのも天音さんの意思ではないんですよね……？」

権堂は、天音が今残っている契約を全部終了させたら、その先はもう誰とも契約しない決意だと……権堂との契約も、先代から引き継いでしぶしぶ続けていることだと言っていた。

天音は頷く。

「うん、俺がやってるのは、言ってみれば倒産企業の残務整理」

そう言って、食卓に片肘をついて顎を支える。

「ご先祖は、こんな力があるから時の権力者に利用され続けてきた。記録がある限りでは、少なくとも平安時代くらいかな。もともとは権力者が、自分の見た夢を解釈できる人間だと考えて『夢占い師』と呼び始めたんだが、だんだん夢占い師のほうが夢を操っていると、ばれて、それと夢占い師本人が特定の相手と『契約』することで、その力を独占できることもわかって、それでその契約方法が確立していたってわけだ」

「それが……今も残って……？」

「そういうこと」

天音が肩をすくめる。

「俺がやってるのは、俺の前の夢占い師……ひいじいさんの尻拭い。戦前……になるのかな、ひいじいさんがあの権堂の親と、百年契約を結んだんだ。ひいじいさんが死んで、もしそのとき一族に夢占い師の力がある者がいれば、それが契約を受け継ぐって迷惑なオプションつきで。まあそのときはひいじいさんにはひいじいさんなりの、北郷の家を経済的に安定させたいとかなんとか、理由があったんだとは思うけど」

百年契約というのは、途方もないように思える。

「で、ひいじいさんの次に、なんとかものになりそうな力を持ってるのが俺だったたってことで、俺が引き続き契約を続行中。だけど」

にっと、天音が笑った。

「それもあと何年かで終わる。他にも政界に一人、財界に二人ほどいるけど、そろそろ相手の寿命が来そうで、ほとんど実際に仕事はしていない。俺はそうやって昔からの契約をどんどん終わらせて、新しい契約は一切結ばないことにしているから、権堂との契約が終われば、もうこんな……夢の解釈だの具現化だのはきっぱりやめるんだ」

あと数年。

そうしたら天音はすべての契約から解放されるということだ。

しかし、新しい契約を拒絶しているからこそ、牧村のように無理強いする人間もまだ現れるということなのだろう。

それは、なんだかとても理不尽だ。

天音の意思というものはどこにあるというのだろう。

そう考えると、なんだか胸が痛くなる。

「天音さんは……たまたま先祖の力を受け継いでしまっただけで……自分では望んでいるわけじゃないのに……」

「まあでも、俺の力なんてぽんこつだよ。ご先祖に比べればかなり弱くなってる。だから夢の解釈だって、結構綱渡りで、曖昧にごまかしてるところがあるんだよ。権堂のじいさんもそれは承知で、今は、自分が複数の選択肢の中から何を選ぶか迷っているときに俺を使うくらいで、それもだいたい結論はすでに出ていて、その確認って感じだ」

天音は苦笑してから、真顔になる。

「ご先祖の中には、天災の予兆を正確に感じ取ったり、戦の勝敗を左右したり、政敵を殺したり、みたいなことをできた人もいたらしいから。そりゃ権力者はどんな手を使っても契約したがるよな。ご先祖も結構な目に遭わされてる。脅されたり、薬漬けにされたり、囲われたり。逃げ出さないように足の腱《けん》を切って閉じ込める、なんていうのはましなほうだったたみたいだな」

充貴の中に、天音が思い浮かべている陰惨なイメージが広がった。

天音が「ご先祖」と言うからには、充貴自身の先祖でもあるだろう。

北郷というのは、そういう状況を生き延びてきた家系だったのだ。

その流れの中に、他人の感情を強く感じすぎてしまう自分も、いる。

天音は、そういう先祖や一族の受けてきたすべての苦悩を終わらせるという固い決意を持っている。

それだけの決心をするには、どれだけの勇気を必要としただろう。

その決意の中には、単に「やめる」のではなく、「やめるために戦う」ことも含まれているのだから。

充貴は、思わずほうっと息をつき……それからふと尋ねた。

「それって……結局、超能力の一種、なんでしょうか」

「うーん、もともとは人間が持っていた能力、失われてしまった能力を、たまたま北郷の人間は保ち続けたってことかもしれない。だけど、時代が変わってそれもどんどん必要なくなってる。昔はたとえば雨がいつ降るかというのは権力者にとってものすごく大事なことだったけど、今は気象衛星ってもんがあって、降雨は予想できる。次の選挙で誰が勝つかも、AIで予想できてしまう。時代がそういう方向に進んだから夢占い師の力もだんだん弱まって、俺の力もこの程度になったんだと思う」

確かに、今の時代というのは、そういう能力との相性は悪くなっているのだろう。

でもだからこそ、天音も「終わらせる」ことができるのだ。

「だったら、よかったです」

充貴は心から言った。

権堂との契約が終われば、天音は自由になれる……それが嬉しい。

すると天音がふっと目を細めて充貴を見た。

「ここまでが、北郷の話。で、こっから先は俺とお前の話なんだけど」

充貴ははっとして天音を見た。

天音と自分の話。

それは……

どこか非現実的な話をしていたのが、突然自分自身の現実に引き戻されたような気がして、充貴は自分の体温が急に下がったような気がした。

「僕は……ここから、出ていかなくちゃ、いけないんですよね」

「うん」

天音があっさり頷き、やはりそうなのか、と充貴は落胆した。

充貴に「ここから出ていったほうがいい」と言われたときと、何か状況が変わったような気がしていたのだが、そうではなかったということだ。

「……理由は、わかるか？」

天音が尋ね、充貴は少し考え……頷いた。

「僕も北郷の人間だから……ですよね」

北郷の人間が集まると、負の共鳴が起きて、悪いことが起きる。

天音のように力の強い人間がいればなおさら。

かつて充貴の両親が事故で亡くなったのもそのためで……天音はその集まりに少年の自分が居合わせてしまったことを、ずっと悔やみ続けてきた。

だとしたら、北郷の人間で……他人の感情に過敏な充貴が、天音と一緒にいるわけにはいかない。

そういうことだ。

「そうだ」

天音はそう言ってから……わずかに、躊躇った。

「だけど……お前は、ここから出ていきたいか？」

真顔で尋ねられ、充貴は反射的に首を振った。

「出ていきたくないです！」

言ってしまってから、はっとして言葉を足す。

「すみません、でも……でも、出ていかなくちゃいけないいんだから……」

すると、ゆっくりと、天音が立ち上がった。

食卓を回り込み、充貴の背後に立つと、静かに充貴の両肩に手を乗せる。

温かい。

「……お前は、俺が触っても平気なんだな」

「はい」

充貴は頷いた。

そうだ……天音の手は温かくて、怖いことなどまったくない、充貴にとっては奇跡とも言える、特別な手。

こんな人は他に存在しない。

すると天音がゆっくりと言った。

「俺も、お前を出ていかせたくはないんだ、困ったことに」

その声音の中に、何か不思議な……胸の芯に響くような何かがあって、充貴の心臓がばくんと跳ねた。

「ど……して……」

「お前を、戸崎や牧村とのごたごたに巻き込みたくなくて出ていけと言ったが……もうこれだけ巻き込んだんだから、今さらという気がする」

やはりそうだったのか。

天音は充貴を危険な目に遭わせたくなくて、出ていけと言ったのか。

だが……

「でも、そもそもどうして、僕を受け入れてくれたんですか……？」

北郷の人間は一緒にいてはいけない、というのなら。

門前で、インターホンだけで追い返されても不思議はなかったのに。

「そうだな、俺はお前が尋ねてきたときに、お前を追い返すべきだったんだ」

天音が躊躇いながらも、心の内を吐露するように言った。

「しかし……顔を見たらお前の中には、子どものころに一度だけ会ったときに感じた、この子になら触れても大丈夫なのだという不思議な感じがあって……それに、あまりにも世間知らずで危なっかしくて、放っておけず、うっかり引き留めてしまった」

あのとき天音は、充貴のことを知っている、会ったことがあるなどと、そぶりにも見せなかった。

だが本当は充貴を覚えていて、そして放っておけないと思ってくれた。

それは天音の厚意であり、懐の深さだ、と思ってから、充貴ははっとして振り向き、背後の天音を見上げた。

「もしかして天音さんも、誰かに触るのが……？」

この子になら触れても大丈夫だ、というのはそういう意味なのか。

「ああ」

天音が頷く。

真っ直ぐに、充貴の目を見つめて。

「俺も、誰かに触れると、相手の感情が全部流れ込んできて、それがいやだった。お前の、痛いという感じ方とは違うけれど……相手の中の、特に負の部分、誰もが持っているものだが、黒い感情の部分……それを強く感じてしまって、そして恐ろしくエネルギーを消耗して、心も身体も疲れ果ててしまう。だから誰にも触れなかった……あのときの、お前以外」

あのときの充貴以外。

そうだ、天音は占い師の仕事をしていても、常にテーブルを隔てていて……あらゆる占いを雑多にかき集めたような占い師なのに、相手の手に触れる手相見のようなことは一切していなかった。

天音も、自分と同じだったのだ……！

「でも、今も」

天音は自分に触れている。

それどころか、戸崎に料亭に呼び出されて、牧村に脅された充貴を抱き寄せてくれてからは、本当に頻繁に充貴に触れている。

「ああ」

天音は頷いた。

「やっぱりお前なら平気なんだ。昔は……お前がまだ無垢《むく》な子どもで、負の感情をほとんど持っていないから平気だったのかと思っていた。そしてあれは俺の中で、誰かに触れて嬉しかった唯一の、大切な記憶だった。それでも、成長した今のお前に触れたら、あのときとは違うんだろうと思ったのに……お前の飯が、美味かった」

「え」

どういう話の脈絡だろう、と充貴が驚いていると、天音が照れ笑いのようなものを浮かべる。

「飯の味がしなくてね、特に夢見のあとだと……だが、普段でもあまり飯をうまいとは感じなくて、ただ、栄養を補給しなくちゃという義務感だけで食ってた。それなのにお前の飯は衝撃的だった、ちゃんと味がした」

あんな……本当にあり合わせで作った、煮物とか味噌汁とか。

それを衝撃的と言う天音の、これまでの食生活は、本当に無味乾燥なものだったのだ。

他人に触れることができないというのは充貴も一緒だった。

そして充貴はそれを辛いと思って生きてきたが、それでも食事の味はちゃんとわかって、おいしいものを食べて生きてきた。

天音の人生は文字通り、充貴よりはるかに味気ないものだったのだ。

「でも、どうして……？」

充貴が尋ねると天音ちょっと首を傾げる。

「うん、俺も不思議で、いろいろ考えた。だけど、今回のごたごたで気づいた。お前が、お前の存在が、俺の……なんというか、エネルギーを回復させてくれるらしい、と」

「エネルギーを？」

充貴はオウム返しに言ってから、はたと思い出した。

「予備バッテリー、って」

権堂に対し、充貴のことをそう言ったのだ。

「変な表現になったかもだけど、そういう気がする。つまり、お前の飯が美味いっていうのは、お前がくれるエネルギーが俺を満たしてくれたからなんだと思う。だから、お前が出ていけと言ったあと、意識してお前に冷たくしていたら……飯も美味くなくなって、食っても疲れが取れなくなって……心を閉ざすと、せっかくのエネルギーを受け取れないってことだったんだな」

充貴は、胸がいっぱいになった。

この数日、天音は充貴を厄介ごとに巻き込みたくなくて、充貴を出ていかせることにして、わざとそっけない態度を取っていた。

そしてこの数日、確かに天音は、以前のように疲れた様子だった。

それは、天音にとって充貴が必要だということだ。

「じゃあその……負の共鳴みたいなのは」

「ない。発生しない。俺もいろいろ考えたんだけど……親族が近寄ると、たぶんお互いの力の強弱のバランスが作用し合って、まずいことになる。だけど俺とお前はどうやら、そういう強弱がなくて……同じくらいの力が、正しい方向に共鳴するんじゃないかと」

正しい共鳴。

充貴は、自分の中にある北郷の人間としての力が、天音の夢占い師の力と同じくらいの何かを持っているとは思えない。

だがそれとは違う、互いの中の何かが、奇跡のように釣り合ったのだろうか。

だとしたら、嬉しい。

「じゃあ、……じゃあ、僕はここに……」

「いてほしい、お前がいやでなければ」

天音は静かに言ったが……充貴は、自分の中にひとつだけ、引っかかるものがあるのを感じた。

今までと同じように、この家で、天音の手伝いをする。

そのことじたいは嬉しいけれど……

自分はその状態で満足できるのだろうか。

「何か、問題があるのか」

天音が充貴の顔を覗き込み、その瞬間、充貴は顔が真っ赤になるのを感じて俯いた。

あの、夢。

天音と、素肌を重ね合った夢。

明らかに性的な夢で……その結果、下着を汚してしまった、あまりにも恥ずかしい夢。

牧村に捕らえられて、眠っている天音を見ているときに、充貴は……天音を、自分にとってただ一人の特別な人だと感じた。

そしてその「特別」に、そういう意味も含まれているのだとしたら。

天音のほうは……？

あれは、自分だけの一方的な想《おも》いなのだろうか……？

だとしたら、自分だけが天音に対する特別すぎる想いを抱えたまま側にいるのは、辛いような気がする。

「充貴……？」

天音が充貴の座る椅子の傍らに片膝をつき、俯いた充貴を目を合わせた。

「……ぼ、僕」

充貴は躊躇い……言いたい、と思った。

言ったら天音は引くだろうか。

そもそも……どういう言い方をすればいいのだろう。

「天音さんは……僕に……触る、んでしょう？」

「触る、けど……変な意味じゃ」

天音は言いかけ、はっと気づいたように表情を変えた。

「いや、ごめん、キスしたりは……やりすぎた。あれは昔の延長の冗談っていうか」

「冗談なんです……か？」

思わず充貴が尋ねると、天音は困ったように眉を寄せる。

「冗談、のほうがいいんだろう？　充貴は」

違う、そうではない、でも、天音は冗談にしてしまいたいのだろうか。

視線が、真っ直ぐに、合う。

天音の瞳が訝しげに揺れた。

「何を……言いたい？　何か俺に言わなくちゃいけないと思っていることがあるんだな？」

そうだ、天音には隠せない。

そう思った瞬間、充貴の唇から言葉が零れた。

「ゆ、夢を……」

唇が、震える。

「夢？」

天音が眉を寄せる。

「夢を見たのか？　俺に関して？　どんな？」

充貴は躊躇い、それから、思い切って言った。

「は……恥ずかしい……天音さんと、その……裸で……」

言葉にすると、その自分の言葉が恥ずかしくていたたまれなくなる。

「あ」

天音の顔にぎょっとした表情が浮かび、充貴は逃げ出したくなった。

しかし次の瞬間、天音の目の縁がさっと赤く染まる。

「あの、悪夢のあとか？」

そう、充貴が悪夢にうなされ、天音が起こしてくれた、まさにそのあとだ。

充貴が頷くと……

「それ、俺のせいだ」

天音が呻《うめ》くように言った。

「え？」

「俺のせい……というか、あれは、俺の夢。その前の悪夢も俺が影響を与えたんじゃないかと思ったけど……あとの夢は間違いなく俺のだ」

天音の夢!?

自分が見たのは……天音の夢だったということなのか?

天音が床に膝をついたまま、頭を抱える。

「くっそ、そこだけは、こっちのほうが大人なぶん悟られずにうまくやれると思ったんだが……まさか、夢が」

両手で髪をかきむしり、それから、顔を上げた。

そこには何か、覚悟したような……開き直ったようないろがある。

「正直に言う。俺はお前に触れたい。それは、あの夢で見たようなことをしたい、という意味でだと思う。誰かと……心が消耗して疲れ果てるような相手とじゃなく、本当の意味で心を通じ合わせて誰かと抱き合えるとしたら、お前しかいないんじゃないかとあの夜に感じて、そしてあんな夢を……だけど!」

充貴に口を挟ませまいとしてか、早口にまくし立てる。

「無理矢理になんてもちろん望まないし、隠せるものなら隠しておくつもりだったし、お前がいやならもう絶対一ミリも触らないし、それでもお前が俺と一緒にいるのがいやなら出ていっても仕方な——」

「天音さん!」

充貴は天音をようやく遮った。

どうしても知りたい、確認したいことがある。

「あれは……天音さんの、夢？」

天音は無言で、しぶしぶといった様子で頷く。

「そして天音さんは、僕に、あんなふうにその……触れたい……？」

再び天音が頷く。

「じゃあ……」

声が、唇が、震える。

だが……言いたい、言わなくては。

「僕も天音さんに……触れたい、触れられたいと思っても……いいんですか……？」

天音の目が驚いたように見開かれた。

「……そ、れ」

「僕も……あんな夢を見てしまって、天音さんの側で平気な顔をしていられないかもって……でも、二人とも同じ気持ちで、同じ夢を見たのなら……」

あれが天音の夢だと、どうして決めつけられるだろう。

むしろあのとき、二人が互いに互いを、特別な相手、触れ合える相手だと感じたからこそ、同じ夢を見たのなら。

「そういう、ことなのか？」

天音の顔に、ゆっくりと理解と、安堵と……そして甘いものが広がった。

「言ってもいいのか？　お前が、充貴が必要だと……お前は俺にとって特別な相手で……

お前に触れたい、そしてあの夢で見たようなことをしたい、と」

充貴の胸にも、何か優しくて切ないものが広がり、頷く。

天音の手が、充貴のほうに伸びて、頬に触れた。

その温度を感じた瞬間、全身に甘い痺れが走る。

「お前を好きだと、言ってもいいんだな？」

その言葉こそが、自分が聞きたい、そして言いたい言葉だとわかる。

「ええ……そして僕も、天音さんが好き……」

充貴の言葉に、天音が目を細めた。

「そうだ……お前には、責任を取ってもらわないといけなかったんだ」

そう言って、膝をついたまま伸び上がるように顔を近寄せてくる。

あの、遠い日の「ファーストキス」。

「それなら……僕だって」

自分にとっても同じファーストキスだったのだから、天音に責任を取ってもらわないと、
という言葉は重なる唇の間に消えた。

甘く優しい、唇の感触。

そこから、天音の感情が流れ込んでくるような気がする。

そっと重ねた唇がやがて強く押しつけられ、天音の腕が充貴の腰に回って抱き寄せる。

嬉しい。

そして、もっともっと、触れてほしい。

半ばぼうっとしながらそう思っていると……

重なったときと同じように、唇がそっと離れた。

天音の顔も上気している。

「もっと、いいか？」

その声に、これまで聞いたことのない、抑えた熱がこもっている。

その声に充貴はぞくっと身体を震わせ、そして、頷いた。

天音が立ち上がり、充貴の手を取って立たせる。

そのまま天音は充貴の膝裏を掬って軽々と抱き上げると、蹴飛ばすように足で食堂の扉を開け、階段を上りはじめた。


天音の寝室、天音のベッドは、天音のにおいに満ちている。

それは、実際のにおいというよりは、天音の「気配」のようなものかもしれない。

ベッドに下ろされてその「気配」に包まれるだけでも胸が詰まりそうだ。

天音が充貴に覆い被さるようにして、また唇を重ねてくる。

今度は、それだけではなかった。

舌が忍び込み、充貴の歯列を優しくなぞり、舌を絡め取って軽く吸い……

耳の下がつきんと痛み、それすらなんだか甘く、恥ずかしく、嬉しい。

体温が上がり、鼓動が速くなるのがわかる。

あの夢を見たときのように。

誰かとわずかに皮膚が触れるだけであんなに怖かったのに、こんなふうに深く唇を重ねても怖くない、それだけで……天音がどれだけ自分にとって特別なのかが、わかる。

だが深く長いキスは、いったいどうやって息をしたらいいのかわからなくて少しばかり苦しくなってくる。

と、天音の舌が充貴の舌を舐めるようになぞりながら、ゆっくりと退《ひ》いていき、唇が離れ――

「っ……んぁっ……」

酸素を求めて息をするのと同時に洩れた自分の声が甘く濡れていて、充貴はぎょっとした。

天音が目を細める。

「いい声。もっと聞かせろ」

そう言って今度は、充貴の首筋に顔を埋め、肌に唇をつけてくる。

唇の熱が心地よい。

同時に何か、落ち着かない気持ちにもさせられる。

「……気持ちがいい、お前の肌」

天音が呟いた。

唇で充貴の皮膚を感じることが「気持ちいい」というのは、なんだか不思議だ。

だがそれは、触れられている自分が感じているのと同じ感覚のようにも思える。

天音の手が、充貴のTシャツの裾から忍び込み、素肌を探る。

「あ……」

思わず充貴は声を洩らした。

天音の、関節のしっかりとした大きな手が自分の素肌を撫で、探る、その動きは、あの夢の中でも感じたものだった。

その掌の下で、自分の体温が上がっていく。

天音が少し身を起こし、両手で充貴のTシャツの裾を捲り上げた。

「手、ばんざい」

ちょっと笑みを含んで天音が言い、充貴が言われた通りに両手を上げると、Tシャツはあっさり脱がされてしまう。

あらわになった充貴の上半身を、天音の視線が這《は》う。

「きれいだな……そして、かわいい」

きれい。かわいい。

何が？　と思っている充貴の胸に天音の指先が伸び、ちょん、と乳首をつついた。

「あっ」

身体が反射的にびくんと跳ね、驚いて充貴は両手で胸を隠した。

「な……んで、そんなところ」

普段はついていることすら意識しない、ささやかな乳首。

なんでそんなところを触るのか。

そして、なんでそんなところを触られただけで、全身に痺れが走るのか。

天音がちょっと眉を上げた。

「夢の中でも、お前のここに触っただろう？」

「え……知りません、そんな……具体的には……」

あの夢は本当に漠然と、素肌と素肌を重ね合わせるだけだった。

すると天音が目を見開き、それからくっと喉で笑う。

「そうか……完全に同じではないんだな。そこは知識の差が出たか」

知識の差。

確かに充貴は、いい年をしてなんの経験もないし……そもそも、他人に触れない自分には一生縁のない行為だと思って、そういう知識に近づくことすらしていなかった。

天音は優しく充貴の腕を摑んでどけさせ、そしてそこに顔を伏せた。

「あっ……っ」

ちゅ、と音を立てて乳首に口づけられ、充貴の身体が跳ねた。

くすぐったい……と思ったのがすぐに、身体がむずむずするような、おかしな感覚に変わる。

唇で乳首を挟むようにして吸い、そして、舌先でくすぐる。

それから歯で軽く嚙む。

同時にもう片方の乳首を掌全体で撫で、それから二本の指でつまみ、引っ張る。

痛みになりそうでならない、微妙な力加減がたまらない。

「あ、あ、やっ……っ」

弄られているのは乳首なのに、どうしてか腰の奥がむずむずとしてじっとしていられなくなり、思わず両腿を擦り合わせる。

どうしよう。

未知の熱が身体の内側に恐ろしい勢いで溜まっていき、逃がす場所がない。

と、乳首を弄っていた手がそこから離れ、腹を撫で下ろしていったかと思うと……脚の付け根に触れた。

「あ」

股間を掌で覆われ、充貴はびくっとした。

「……もう、大きくなってるな」

胸に顔を伏せたまま天音が言い、それがまた乳首への刺激になる。

そして充貴には、胸を弄られただけで自分のそこが反応していることが、よくわからない。

「ど、してっ……っ」

「それはお前が、気持ちいいって思ってるからだ」

天音がそう言って顔を上げ、身体を起こすと——

充貴が穿《は》いている部屋着のスウェットのゴムに指をかけ、下着ごと引き下ろした。

「あっ」

思わず丸めようとした充貴の膝を、天音が優しく押さえる。

「見せて」

「だ、だってっ……っ」

言葉ではそう抵抗しつつも、天音の手が触れている膝には力が入らず、あっけなく押さえられてしまう。

「ちゃんと勃《た》ってる」

天音が小さく笑いを含んでそう言いながらそこを見つめるのが恥ずかしくてたまらず、充貴は腕で顔を覆った。

すると、天音がまた充貴に覆い被さり、顔を覆う腕の、手首のあたりから、手の甲、そして指の一本一本に順番に口づけた。

痺れるような甘い感覚に、手の力が抜けてしまうのが通じたように、天音は充貴の腕を脇に押しやると、額と額をつけて充貴の目を覗き込んだ。

「……恥ずかしいか?」

頷く。

「胸、触られただけで勃っちゃったから?」

頷くこともできず、どうしてそんな意地悪なことを尋くのだと羞恥で涙目になりながら思わず天音を睨むと……

「じゃあ、俺のほうがもっと恥ずかしい」

天音が片頬で笑い、充貴の片手を摑むと、自分の下腹部に導いた。

「あ」

充貴は思わず目を見開いた。

掌に伝わる……熱と、大きさ。

「俺は充貴に触ってるだけでこうなっちゃったんだからな」

触られて反応するのと触って反応するのとどっちが恥ずかしいのかよくわからない。

だがそれよりも……

ズボンの布越しに感じる天音の熱がなんだかもどかしく、充貴は思わず自分の手を天音のそこに押しつけた。

「う」

天音が眉を寄せ、それから意味ありげに尋いた。

「……見たいか？」

見たい、と充貴は思った。

自分だけが一方的にさらしているのではなくて……天音の欲望も、ちゃんとこの目で見たい。

だが言葉にするにはどうにもこうにも恥ずかしい、そんな気持ちが天音には伝わったらしい。

また身体を起こし、天音はまず、着ている襟なしのシャツのボタンを乱暴にはずして前を開け、脱ぎ去った。

充貴は思わず、天音の身体に見蕩れた。

体格のいい偉丈夫なのはわかっていたが……なめらかな筋肉に覆われた胸や、引き締まった腹は、彫刻のように美しい。

そして天音はそのまま無造作に、ズボンを下着ごと脱いで、放り投げる。

膝立ちになった天音の姿に、充貴は思わずごくりと唾を飲んだ。

長く、やはり美しいフォルムの脚の間の、濃いめの叢《くさむら》から勃ち上がっているものは、掌で感じたよりも大きく、どこか凶暴に頭を擡《もた》げている。

他人のそんなところ見るのははじめてだが……目が離せない。そして見ている自分の体温がさらに上がり、心臓がばくばくと走り出す。

興奮、しているのだ。

天音が興奮しているのを見て……自分も。

「これ見て、逃げ出したくはなっていなさそうだな」

天音がそう言って、充貴の上に身体を重ねてきた。

全身の皮膚を触れ合わせるように。

身体全体で受け止める、天音の重みと、体温。

素肌が、身体と身体が、こんなにもぴったりと重なっている……！

そう感じた瞬間、腰の奥から稲妻のような痺れが背骨を駆け抜け——充貴の身体がのけぞった。

「あ……っ……っ」

浮いた腰の下に天音の腕が潜り込み、充貴の身体を抱き寄せる。

びくん、びくん、と数度身体が痙攣し——

一瞬どこかへ飛びかけた意識がゆっくりと戻ってくる。

次の瞬間、何が起きたのか悟って、充貴は真っ赤になった。

「僕……っ」

「触ってもいないのに、いっちゃったな」

天音がそう言って、充貴の額や頬や唇に、めちゃくちゃに口づける。

そうだ、全身で天音を感じたと思った瞬間……射精してしまったのだ……！

恥ずかしい。

しかし天音は嬉しそうに目を細めている。

「俺も一緒にいったような気がした。身体より先に……心でいった、みたいな感じだ」

心でいった。

そんなことがあるのだろうか。

何しろ経験がないので、それが普通のことなのかどうかすらわからない。

しかし充貴は、天音の硬いものが自分の腹に当たっていることに気づいた。

「でも……天音さんは……まだ」

いっていない。

男同士でこういう行為がどうなるものなのかわからないが、片方だけが一方的に終わるというものではないはずだ。

「ええと、あの、僕が……?」

躊躇いながら天音のそこに手を伸ばすと、指がそこに触れた瞬間、天音がびくっとした。

「うう……悪い、充貴に触られると俺も爆発しそうだ」

それではいけないのだろうか、と充貴が天音を見ると……天音の視線が一瞬宙に泳ぎ、それから思い切ったように充貴と視線を合わせた。

「充貴の手でいかせてくれるんなら、もちろんそれも嬉しい。だけど、もしこれ以上のことがいやじゃないなら……俺は充貴の中を知りたい」

中。

「中って……」

どこ?

天音が吹き出した。

「……ったく、本当に箱入りで育ったんだな」

そう言ってから、ゆっくりと充貴の膝に触れ、そしてそこから腿《もも》の内側を撫で上げると……力を失った性器の下に手を差し入れ、奥に触れた。

「っ」

思いがけない場所に指先が触れ、充貴は驚いて身をすくませた。

「なっ……」

「ここ」

指先が、くっと押し当てられる。

「ここから、お前の中に。そうやってひとつになりたい。だめか？」

充貴は混乱した。

つまり……つまり、あれを、ここに、入れるのだ。

いくら自他共に認める世間知らずとはいえ、男女の性行為のイメージくらいは漠然とある。

だが、男同士で、「入れる」……しかも、そんなところに。

どうにもこうにも、入る気がしない。

「できる、んですか……？」

思わず尋ねると、天音が苦笑して頷いた。

「できる。ただ、途中でお前が無理だと思ったら、やめる」

できると天音が言うのならできるのだろう。

そして天音がそれを望むのなら。

ひとつになる、という言葉は充貴にとっても惹《ひ》かれるものがある。

「……じゃあ」

なんと言えばいいのか、してもいい、というのも上から目線な気がする。

「して、ください」

充貴がそう言うと、天音がくっと唇を噛み、それから頬を歪《ゆが》めた。

「……ったく、煽《あお》るな」

「え」

天音の言葉の意味を把握し損ねている間に、天音がまた充貴に唇を重ねた。

今度は少し荒っぽく。

だがなんだか、その荒っぽさが嬉しい。

しかしすぐに、さきほどまでの「深いキス」はまだ序の口だったのだと思い知らされる。

天音は、充貴の中の何かを誘《いざな》い、引き出すように、尖《とが》らせた舌先で口蓋をなぞったり、唾液を混ぜ合わせるように舌と舌を絡ませたりする。

そして気がつくと充貴も夢中になって、天音の舌の甘さを味わいたいとでもいうかのように自分から天音の唇や舌の動きにぎこちなくではあるが応えだしていた。

もっと……もっと。

頭の中で、そんな言葉がぐるぐるしている。

と、天音の手が充貴の腹の上を探った。

射精して腹を濡らし、まだ乾いていないものを指先で掬い取られたのだと充貴が気づいたときには……

その手がまた充貴の脚の間に差し入れられていた。

ぬるりとした感触が、奥に触れる。

思わず身体を硬くした充貴の意識を逸らすように、天音が口づけをさらに深くする。

奥の窄《すぼ》まりを、円を描くように撫でた指先が、く、と押しつけられ……

押し込まれた。

「……っ……っ」

ぞく、と腰の奥が痺れる。

天音の指が……自分の身体の中に入ってくる。

指の腹が内側を押し広げるようにしながら、さらに奥へと。

キスに気を取られながらも、頭の隅でどうしてもその指の動きを追ってしまう。

ゆっくりと抜き差しされる指。

何度か往復したあと、入り口が少し広げられる感じがして、指が増えたのがわかる。

自分の内側が、やわらかくその指を包んでいるのも。

まるで……もっと中へ、と誘ってでもいるかのように。

いったいどこまで、と思った瞬間。

指の腹が、どこか一点に触れ——

信じられないような鋭い快感が、全身を駆け抜けた。

「……っあっ」

思わず強く首を振り、唇が離れる。

「や、あっ……そこ、へんっ、あっ」

天音の指が優しくそこを押し、撫でるだけで、下半身が熔《と》けそうな感覚に襲われる。

「大丈夫だ、変になっていいんだ」

天音が、充貴の耳たぶを唇でくるみ込むようにしながら囁いた。

耳に、言葉と一緒によくわからない熱が直接注ぎ込まれる。

そして、その感じる一点を避けながら、時には軽く触れながら、さらに指を抜き差ししているうちに、じりじりと身体の内側の熱が上がり、どこかもどかしくじれったいような気がしてきてじっとしていられなくなり、もじもじと腰を捩《よじ》らずにはいられなくなってくる。

「んっ……ん、ふっ……ぅっ」

指の動きに合わせて、吐息に声が混ざりだす。

と、指がちゅくっと音を立てて引き抜かれた。

「あ」
押し広げられた充貴の内側が空っぽになったような感覚。
と、天音が充貴の両膝に手を当てて、大きく両側に開いた。
その膝の間に、天音が身体を入れてくる。
充貴は視界が潤んでいるのを感じ、瞬きをした。
広げられた脚の間で、自分のものがまた勃ち上がっているのが見える。
そして天音が……猛《たけ》ったものを、自分の奥に押し当てるのも。
入れる……入れられる。
あんな大きなものが。
そう思った瞬間、ぐ、とそれが押しつけられた。
息が詰まる。
無理だ、と思ったのに……それは、中に入ってきた。
ずるりと、熱と質量を伴って、ゆっくりと……確実に。
「あ、あ」
唇が震える。
「息をしろ、深く」
天音がわずかに余裕を失った、しかし優しい声で言った。

同時に、充貴のものを片手で握り、ゆるく扱《しご》く。
「ふっ……ぅ、んっ……あっ」
前の快感に気を取られた瞬間――天音が、ぐっと腰を進めた。
奥まで。
「あ――」
指が届かなかったような深いところまで、入っている。
天音のものが……天音、その人が。
「大丈夫か」
天音が気遣うように尋きながら、充貴の上に身体を倒してきた。
叢と叢が絡み、上体がぴったりと密着する。
自分の肌が……そして天音の肌も、じわりと汗ばんでいるのがわかる。
充貴は両腕で、天音の肩にしがみつくように抱きついた。
こんなに……全身で天音を感じている。
身体の外側だけではなく、内側でも。
身体の中で、天音のものが脈打っているのを感じる。
気持ち、いい。
他人に触れることがあれほど怖かった自分が、こんなふうに誰かと密着し……そしてひとつになっていることが、信じられない。

そう思った瞬間、視界が潤み……目尻から頬に、涙が零れた。

気遣うような天音の声に、慌てて首を振る。

「どうした、痛いか」

「ちがっ……うれ、し……っ」

ふ、と天音が口元を綻《ほころ》ばせたのがわかった。

「俺もだ」

そう言って、充貴の頬に零れた涙を唇で舐め取り……

「だけど、そろそろ我慢の限界。動いていいか？」

天音が尋ねる。

動く……動く、どういうふうに？

その答えは充貴の本能が知っていた。

充貴自身、身体の奥底からじわじわと、身体を動かしたい、腰を揺すりたい、という衝動が湧き上がってきているのを感じる。

天音も同じなのだ。

「ん……っ」

充貴が頷くと、天音の腕が充貴の腰の下に差し込まれてぐいと抱え直し……

そして、一度ぐぐっと腰を引いた。

充貴の中をいっぱいに満たしていた性器が、ほとんど抜けてしまいそうな位置まで引いていったかと思うと、次の瞬間、ぐぐっと押し込まれた。

「……あっ」

その。内側を熱く硬いもので強く擦られる感覚に、充貴はのけぞった。

続けて小刻みに天音のものが充貴の中を行き来する。

「あ、あ、あっ」

充貴は天音の肩にしがみついた。

どうしよう。

こんな快感は……知らない。

天音が確信を得たように律動をはじめると、充貴はもう、わけがわからなくなった。

頭の芯がぐちゃぐちゃに蕩《とろ》けて、自分が自分でなくなっていくような気がする。

ただただ、恐ろしく、悦《い》い……!

「こわ、いっ……」

充貴は半ば無意識に口走っていた。

自分を飲み込んでいく快感が、怖い。

「大丈夫だ、俺も一緒だから」

抑えた、しかしわずかに上擦った声で天音が言い……その声の中にある紛れもない快感が、充貴の快感をさらに押し上げる。

誰とも共有できるはずのない感覚を、今、共有している。

そう思うと、快感と幸福感が身体から溢れ出すような気がする。

腰の下にあった天音の手が前に回り、腹の間で擦られて完全に硬さを取り戻していた充貴のものを握ると、腰の律動に合わせるように扱きはじめた。

「あぁ……ああ、やっ……んっ、ん、んっ」

すすり泣くように声が濡れていく。

「充貴、一緒に」

唆《そそのか》すように天音が囁き——

ひときわ強く奥を突かれた瞬間、充貴の中で熱いものがはじけ、頭の中が真っ白に染まると、身体が宙に浮くような感覚とともに充貴は達し……

同時に、自分の中に熱いものがどくどくと注ぎ込まれるのを、感じていた。


目を開ける。

すると目の前に、天音の顔があった。

眠っているのだろうか、目を閉じ、静かな寝息をたてているその顔に、カーテンの隙間から差し込む月の光が濃い陰影を落としていて、美しい。

この顔をいつまでも見ていたい。

だが、目を開けて自分を見てほしいような気もする。

そう思ったとき、天音がぱちりと目を開けた。

充貴と目が合い、そして微笑む。

わずかに、照れたように。

それは、充貴が感じているのとそっくり同じ気持ちだとわかる。

ちょっと照れくさく、嬉しく、そして……満たされている、という感じ。

と、天音の唇が動いた。

「もしかして、夢、見てたか?」

「はい」

充貴は頷いた。

天音に抱き締められたまま、裸のまま眠ってしまい……そして見た夢は、最初はいつものあの夢だった。

真っ直ぐな道を、どこまでもどこまでも歩いていく夢。

今回は海の真ん中に、沖合にある小さな島まで真っ直ぐに伸びている白い砂でできた道だった。

　穏やかな日の光、そして優しい風。

　この向こうに何かがある。

　そう思いながら歩いていくと、向こうから誰かが歩いてくるのが見えた。

　こんなことははじめてだ。

　そう思いながらも充貴には、それが誰だかわかっていた。

　近づいてくるその人は、襟なしの白いシャツにやわらかそうなズボンを穿いているが、すらりとした筋肉質の身体が見て取れる。

　そして、その彫りの深い整った顔立ち。

　天音。

　天音もまた、向こうから真っ直ぐに歩いてきながら、充貴を見て少し驚いたような、しかしすべてを理解したような顔をしていた。

　そして二人の距離が近づき、向かい合って立ち、視線を合わせ――

　そこで、目が覚めたのだ。

「もしかして、ずっとあの夢を見ていたのか？」

　天音が尋ね、また充貴は頷く。

「真っ直ぐに歩いていく夢……いつも、そうでした」

「もしかして、この家に泊まった最初の夜も？」

「はい」

「そうだったのか……だったら俺たちはずっと、同じ夢を見ていたんだ」

天音が呟く。

時折見ていた、意味ありげな夢。

あの夢は、自分たちが互いに、相手のところへ真っ直ぐに向かっている夢だったのか。

「俺には、あの夢が俺をいつか、望んでいるところに導いてくれる夢のような気がしていた。お前を泊めた夜もあれを見たから、お前をもう少しここに置いておいても大丈夫だ、という気がしたんだ」

そうだ、あの日……朝起きてきたら、天音の気が変わっていて、しばらくここでバイトをしろ、という話になったのが不思議だったのだ。

「でも……何か、持ち物を交換したとかじゃないのに」

充貴にはやはり不思議だ。

「たぶん、昔一度お前に触れて……お前にキスをして」

天音が目を細める。

「あのときすでに、俺とお前の間に、共鳴が起きていたのかもしれない……親族間の負の共鳴とは違うものが」

そう言って、天音は微笑んだ。

「そうとわかっていれば、俺はお前を側に置くことを怖がる必要はまったくなかったんだな」

天音は身じろぎし、充貴の身体を抱き締め直した。

素肌がよりぴったりと密着するように。

天音の胸に頬をつけると、鼓動が耳に響いてくるような気がする。

「僕……あの夢のことを、天音さんに話そうとして」

「そうだったな」

天音の声が笑みを含んでいる。

「北郷の人間は、身内で夢の話はしないものなんだ。身内の夢を解釈すると悪いことが起きると、ずっと言われてきたから。だから最初は、話したいなら予約しろ、とだけ言って断ったつもりだったけど、お前ときたら今度は金を払って話そうとするから、焦った」

ショッピングモールで客のふりをしたときのことだ。

天音はそれだけ慎重だったのに、自分はそんな天音の気遣いに気づいていなかったのだと思うと恥ずかしい。

「だけど」

天音が低く言った。

「まだ信じられないな……人肌の恋しさにずっと飢えていた俺が、こんなふうに触れられる相手がいるとは」

それは充貴も同じだ。

「人に触れるのが怖くない……相手の感情が痛くないって、こんなふうだったんですね」

「相手の負の感情で、こちらが消耗しないというのもな。お前だって人間だから、負の感情がまったくないわけではないと思うんだが……それが、俺を疲れさせない」

天音がそう言って少し身体をずらし、充貴の目を覗き込む。

「それどころか、お前に触れれば触れるほど、身体の中にエネルギーが溜まっていくような気がする。朝までまだ何回でもお前を抱けそうな気がするくらい」

「え……えっ、あのっ」

充貴は慌てた。

充貴だって、天音に触れられること、天音とひとつになることは嬉しかったし……この一度きりではなくて、もちろんこれからだって、とは思う。

だが、天音を受け入れたところがなんだか熱を持って少し腫《は》れているような気もするし、身動きすると腰が重いのも確かで……

「あ、あの、少し、お手柔らかに、だったら……」

「冗談だ」

天音が笑い出した。

「お前の身体に負担がかかることをそんなにするつもりはない。時間はいくらでもあるんだから」

そう言って、さらに充貴を強く抱き締める。

「それよりも、こうやって皮膚全体でお前を感じたまま、眠りたいな」

それは充貴も同じだ。

牧村のところで充貴は眠っていないし、天音だって身体の疲れを癒やすような眠りではなかったのだから。

「僕も、です」

視線を合わせ、見つめ合い、微笑み合う。

そして二人は同時に目を閉じ……真っ直ぐな道を歩いていってようやく出会った二人が、そのあとはどうするのだろう、と思いながら、同じ夢の中に沈んでいった。


「充貴くん、ここ出るのやめたんだって?」

数日後、宇津木がやってくると、充貴の顔を見るなり笑ってそう言った。

「そうなんです、紹介していただいた不動産屋さんの約束もすっぽかしてしまって、本当に申し訳ありませんでした」

充貴が頭を下げてそう言うと、宇津木は顔の前で手を振る。

「とんでもない、急用だったんでしょ。お客のすっぽかしなんてよくあることなのよ。それなのに充貴くん、わざわざ菓子折持って謝りに来てくれたって感動してた。もしこの先、また物件探す気になったらいつでもどうぞって伝えてくれって」

そう言ってから、宇津木はつけ加える。

「とはいっても、あたしは、充貴くんはずっとここにいるといいなあって思うんだけど」

「宇津木さん、来てるの？」

奥の部屋から天音が呼び、宇津木は「あ、じゃあね」と言って、軽い足取りで隣の部屋に入っていくと、

「センセ、聞いて、この間の査定で——」

また、座るより早くそう喋りだしているのが聞こえる。

あのあと天音の仕事は数日、臨時休業となったが、今はまた通常営業になっている。

天音にとって占いの仕事は、実のところ「結構性に合っている」らしい。

本当の夢占い師としての仕事は終わりにしても、この「怪しい」占い師の仕事はやめるつもりはないと聞いて、充貴は少し驚いた。

この仕事そのものが、天音の負担になるのではないか、と。

しかし天音は真面目な顔で言ったのだ。

「俺も結局、ある程度は他人の気持ちが読める人間ではあるし、悩んだり迷ったりしている相手が、何か納得するようなことを言ってやれるのは、嬉しいんだ」と。

そして……

「夢の解釈も、夢を共有した相手でなければ、わりと気楽にできる。それに……前はお客の負の感情が負担になることもあったんだけど、最近はそれがないから」とも。

充貴がいるから。

充貴が側にいて、天音のために作った食事を食べ、夜は一緒に眠る、それだけで天音は、他人から受ける負の感情で「疲れる」ことがなくなった、というのだ。

それは充貴も同様で、天音から常に優しく温かい気持ちの流れを感じているせいなのか、誰かの感情を「痛い」と感じることがなくなってきたように思う。

互いが互いの、治療薬のような役目を担っているのかもしれない。

それでも充貴としては、天音はまともなカウンセラーにだってなれるだろうと感じるから、もう少し怪しくない雰囲気にしてもいいのではないかと思ったのだが……

「怪しいからいいんだ」

天音はそう言って笑った。

「所詮占い。お客がそう思ってくれたほうがいい。それに……こうやって怪しい雰囲気を作っているからこそ、俺が本当に何か、特殊な『力』を持ってるんじゃないか、と疑われずに済む」
それは真実なのだろう。
天音が本当に、他人の感情を読み取ったり、夢の意味を理解したりする特別な力がある、
などと思われないほうがいい。
そのために、「怪しさ」は目くらましのような役目を果たすというわけだ。
天音が「夢占い師」という看板を掲げつつも、本当に客の夢を紐解くことが少なかった
のにも理由があった。
そもそも、普通の人の見るたいていの夢は「脳の寝言」みたいなもので、本当に意味の
ある夢というのは、少ない。
天音が「この人は本当に意味のある夢を見て、その意味を知りたがっている」とわかる
客にだけ、「夢を見た?」とこちらから話をする。
そうでなければ、いつかの宇津木のように、あちらから一方的に夢の話をしてくるのに
対して、相手が求めている言葉を答えてやるか、または夢の話にはまったくならないこと
もある。
それでも客のほうは、あとから「そういえば夢の話をしなかった」と気づいても、結果
的に心がほぐれていれば「騙《だま》された」とは思わないものなのだ。

そういう、怪しくてゆるい雰囲気で、ただし言葉は意外にずけずけしている天音のもとに客が途切れないのならば、そういう天音が必要とされているということなのだから、いいのだろう。

「それに」

天音が真顔になる。

「もし俺が、占い師じゃなくてまともな勤め人だったり、本当の夢占い師として国の政治や経済に裏から関わることを本業にしていたら……お前がここを尋ねてきても、受け入れてやることはできなかっただろうな」

充貴ははっとした。

そうだ、もしも天音が普通の生活をしている人だったら……住み込みで働く、という提案もあり得なかっただろうし、充貴のほうも、することがなくてただ居候することに気が引けて、せいぜい一晩世話になるくらいで終わっただろう。

そして天音が、政治家や財界人と関わる深刻な仕事をしていたら、そんな天音と関わることで充貴が厄介ごとに巻き込まれることを懸念して、天音は最初から充貴を拒絶しただろう、と思う。

つまり、天音がこうして怪しい占い師として開業していたからこそ、充貴が手伝う余地があり、一時的に世話になる名目が存在した。

「手っ取り早く言えば」

　天音がにやりと笑う。

「こうやって怪しい夢占い師、ブルーメ天音をやってたからこそ、俺はお前という、俺にとってかけがえのない存在を手に入れたんだ」

　充貴はその理屈がおかしくて笑い出したが、同時にそれは確かに真実なのだということも、わかっていた。


　その日は、宇津木が最後の客だった。

　充貴が宇津木を送り出すと、天音が奥の部屋から出てくる。

　今日の天音は、襟の大きな金色のシャツの上に、緑の糸で刺繍をほどこした赤い袖無しのロングベストのようなものを羽織っている。

　頭は、最近気に入っているらしい、鍔《つば》の大きな黒い帽子だ。

「充貴、明日はバイトの日だっけ？」

　天音が尋ね、充貴は頷いた。

「はい、受付は沢口《さわぐち》さんが来ます」

「そっか、頑張れ」

　天音がぽんと充貴の頭に手を乗せる。

充貴は今、週に三日、都心にある個人経営のカフェでバイトをしている。

そんな仕事をできるようになったのも、他人と接することが、天音のおかげで怖くなくなってきたからだ。

もちろん緊張はするが、その緊張も将来のための経験のひとつだと思うと、ひとつずつ乗り越えていける、と感じる。

もともとそのカフェの経営者がカフェ経営の塾をやっていて、塾生に応募した充貴を、「勉強しながら手伝って」と採用してくれたのだ。

いつかは、自分のカフェを開きたい。

天音が「裏のガレージを改装したら絶対にいい感じになる」と言ってくれているので、もちろん場所はそこだ。

充貴が受付のデスクを片づけていると、天音が背後から覆い被さるように充貴を抱き締めた。

「腹減った」

そう言いながらわざとのように体重をかけてくるのが、充貴はなんだか嬉しい。

天音は、これまで他人に触れることができなかったぶんを取り返すかのように、何かと充貴に触れたがるし、充貴も同じようにそれを楽しんでいる。

「シチュー煮込んでありますよ」

充貴がそう言うと……

「充貴のビーフシチュー、嬉しいな。で、デザートは充貴？」

天音はそんなことを言いながら、充貴の耳を軽く食《は》んだ。

「……もう、いいから早く、お風呂入ってきてください」

充貴は天音の腕の中でぐるりと身体を一回転させ、天音と向かい合う格好になる。

「そうだな、早く風呂に入って、早くシチュー食って、早くデザートまで行きつきたいからな」

天音の目が意味ありげに笑っていて、充貴は思わず赤くなった。

「そういう意味じゃなくてっ」

「そういう意味じゃないのか？」

いや……そういう意味、でも、ある。

「まだまだ慣れないところがかわいいな」

天音が笑って、ちゅっと、充貴の唇に悪戯のようなキスをしてから、ふと真顔になった。

「……ひいじいさん、こういうのもわかっていたのかな」

天音の前の夢占い師だった、天音の曾祖父。

充貴の母が残した守り袋の中に入っていた、ここの……北郷の本家の住所は、その、曾祖父の筆跡で書かれていたのだ。

あの、「負の共鳴」を起こした親族の集まりのときには、曾祖父は病で入院中だった。

だから、その前のどこかの時点で、充貴の両親と天音の曾祖父が接する機会があり……

曾祖父は何かの予感でもあって、守り袋を母に持たせておいたのかもしれない。

天音と充貴が、いつか互いを必要として、会うときが来る、と。

「そうかもしれませんね」

充貴もなんとなく、厳粛な気持ちになって答える。

天音が最初に充貴をすぐ追い返さなかったのは、あれが曾祖父の筆跡だったから、という理由もあったのだ。

とはいえまさか、二人のこういう関係まで見越していたとは想像もできないのだが……

それでもなんとなく「定められていた」という感じがあって、それは「運命」という言葉でも置き換えられるのかもしれない。

「まあ、そういうことなら」

天音の口調が明るくなった。

「俺は喜んでひいじいさんの思惑に乗っかってるってことだから、これもひいじいさん孝行ってことだな」

そう言って天音はもう一度充貴の唇の真ん中にキスをすると……

「待てない。風呂、一緒に入るぞ」

そう宣言して、充貴の手を引っ張り……充貴は、もしかすると風呂、デザート、それからシチューの順番になってしまうのだろうか、などと考えている自分が恥ずかしく……同時にそれを期待している自分にも気づき、顔を赤らめながら、天音とともにバスルームに向かった。

あとがき

このたびは『夢占い師の怪しい恋活』をお手にとっていただき、ありがとうございます。

なんだか久しぶりの現代ものです。

馬も馬車も出てこない（笑）！

そして、カタカナ語、現代語が使える！

ファンタジーや時代ものも楽しいのですが、軽い感じの現代ものもやっぱり書いていて楽しくて、お読みになった方にも楽しんでいただければいいな、と思います。

そして、コロナ禍以降、私の登場人物たちは遠くへ遠くへと出かけていたのですが、なんとなくコロナが収まりつつある気配になって、また主人公の行動半径が狭くなっております……我ながら、おかしなものです。

さて、イラストは亀井高秀先生です！

以前『花は獅子に護られる』でイラストを描いていただき、もう一度機会があればと思っておりましたら今回もお願いできることになりました。

前回はファンタジー、今回は現代ものですが、亀井先生に描いていただくのなら、天音にどんなに服を着せてもきっと素敵になるに違いないと思いまして……ちょっと調子に乗ってしまったかもしれませんが、想像以上に素敵で怪しい天音と、普通（笑）でかわいい充貴の組み合わせに感動です。

本当にありがとうございました。

担当さまにも、今回も大変お世話になりました。

何かあると「すぱ！」と素晴らしい切れ味で対応くださる担当さまを、ひそかに尊敬しております。

今後も引き続きよろしくお願いいたします。

そして、この本をお読みくださったすべての方に御礼申し上げます。

また次の本でお目にかかれますように。

夢乃咲実

夢乃咲実先生、亀井高秀先生へのお便り、
本作品に関するご意見、ご感想などは
〒101 - 8405
東京都千代田区神田三崎町2 - 18 - 11
二見書房　シャレード文庫
「夢占い師の怪しい恋活」係まで。

本作品は書き下ろしです

CHARADE BUNKO

夢占《ゆめうらな》い師《し》の怪《あや》しい恋活《こいかつ》

2022年 8 月20日　初版発行

【著者】夢乃咲実《ゆめのさくみ》

【発行所】株式会社二見書房
東京都千代田区神田三崎町2 - 18 - 11
電話　03(3515)2311［営業］
　　　03(3515)2314［編集］
振替　00170 - 4 - 2639
【印刷】株式会社 堀内印刷所
【製本】株式会社 村上製本所

落丁・乱丁本はお取り替えいたします。
定価は、カバーに表示してあります。

ISBN978-4-576-22107-6

https://charade.futami.co.jp/

CHARADE BUNKO

今すぐ読みたいラブがある!

夢乃咲実の本

僕、もしかするとお嫁に行くんでしょうか……?

プロポーズは花束を持って

~きみだけのフラワーベース~

イラスト=みずかねりょう

進学目指して自活する佐那の勤務先に訪れた振りの客・井藤は一代でホテルチェーンを築いた青年実業家だった。常連となった彼は生花店を条件のいいホテルへ移転する力添えをしてくれたが、御曹司でありながら実家と距離を置き富裕層の集まる場所を避ける佐那は職を失ってしまう。花を介したラブ・ロマンス♡